KB168379

그들이 장례식장에 나타난 것은 새벽 세시 무렵이었다. 처음에 그들은 선뜻 실내로 들어오려 하지 않았는데 공교롭게도 나 역시 그들을 들이고 싶은 기분이 아니었다. 그들이 장소와 어울리지 않는 꼬락서니를 하고 있었기 때문이다. 그들의 구성은 남자 셋 여자 하나였다. 그중 가장 나이 들어 보이는 남자는 흠잡을 데 없는 스킨헤드였다. 스킨헤드는 중세 스칸디나비아에서나 볼 수 있을 법한 텁석부리였으며 키가 작고 몸이 단단해 보였다. 또다른 남자는 나이를 가늠하기 힘들었지만 30대를 넘길 것 같지 않았다. 그의 나이가 짐작되지 않는 것은 순전히 헤어스타일 때문이었다. 먹칠한 바가지를 쓰고 있는 게 아닌가 싶을 정도로 풍성하고 둥근 머리모양이었던 것이다. 특히 앞머리는 코를 덮을 지경이었다. 마지막 남자는 밝은 오렌지색으로 머리를 염색했고 왼쪽 귀에 짐승의 이빨 같은, 새끼손가락만 한 까만색 피어스를 달고 있었다. 앳된 얼굴로 미루어 볼 때 고등학생이라고 해도 이상하지 않을 것 같았다. 그리고 내 눈이 어떻게 된 것이 아니라면 바가지는 바지가, 오렌지는 재킷이 유광 가죽 재질이었고 둘 다 기타 케이스를 메고 있었다. 여자는 머리 모양도 옷매무새도 말끔했으나 실은 이 무리에서 가장 수상해 보였다. 선글라스를 쓰고 있었기 때문만은 아니었다. 움직일 때마다 쇳조각끼리 짧고 경쾌하게 부딪는 소리, 그러니까 이를테면, 아니 이를테면이 아니라 그냥 탬버린 소리가, 탬버린이 아니고서는 날 수 없는 소리가 그녀의 가방에서 들렸던 것이다. 그들은 조문을 왔다기보다는 무대를 찾아온 듯했다. 기어코 그들은 신발을 벗었다.

어떻게 오셨냐는 말을 어떻게 꺼냈는지 모르겠다. 어떻게가 아니라 왜냐고 묻고 싶었기 때문이다. 스킨헤드가 자신들을 오빠의 지인이라고 소개했다. 나는 고개를 끄덕여 보이고 먼저 빈소로 들어갔다. 오빠는 불쾌한 일을 겪은 듯한 표정이었다. 양 볼이 불만으로 부풀어 있었고 눈빛은 사나웠다. 고등학생일 때 찍은 사진임에도 불구하고 정말이지 풋풋함도 버르장머리도 없는 얼굴이었다. 엄마는 지친 기색도 없이 영정 사진을 노려보고 있었다. 당장에라도 관 뚜껑을 열고 오빠에게 뺨따귀를 올릴 것 같은 기세였다.

스킨헤드와 그 무리가 짐을 내려두고 영정 사진 앞에 섰다. 스킨헤드가 했던 말은 거짓이 아닌 것 같았다. 그들은 오늘 다녀간 그 어떤 조문객보다도 침통한 얼굴이었다. 그들이 오빠에게 절을 했다. 오렌지는 옆 사람 눈치를 살피며 주춤거렸는데 절을 몇번 해야 하는지 몰라서 삼배를 할 뻔한 모양이었다. 절을 마치고 그들은 우리와 마주 섰다. 나와 엄마는 크리스천이었으므로 묵례를 했지만 그들은 우리에게 절을 했다. 절을 한번 하고 난 뒤 오렌지가 다시 몸을 숙이려는 것을 바가지가 막았다.

비어 있는 자리로 그들을 안내했다. 바꿔 말하자면 아무 식탁 앞에 그들을 앉혔다. 늦은 시각이었다. 가까운 친척이라곤 외삼촌과 이모, 이모부뿐이었는데 모두 방에서 자는 중이었다. 나는 그들 앞에 남은 음식 몇가지를 늘어놓았고 그들은 곤란한 얼굴을 하고 육개장을 퍼먹었다. 그들 곁에 머물기도 빈소로 돌아가기도 싫었으므로 출입구 근처로 가 조문객 명부가 놓인 탁자 앞에 앉았다.

오빠의 부고는 충격적이었고 아직까지도 충격적이기만 했다. 나는 엄마와 달리 울음이 나지 않았다. 엄마는 슬프기보다는 울화통이 치밀어서 운 것으로밖엔 안 보였으나 나는 화도 나지 않았으므로 오히려 곤욕이었다. 무슨 기분을 느끼고 어떤 얼굴을 해야 할지 알 수가 없었다. 내가 아홉살이 되던 해 오빠는 고등학교를 졸업했고 얼마 뒤 집을 나갔다. 말하자면 오빠와 같은 공간에서 생활한 게 대략 8년이고 함께 살지 않은 게 8년이란 얘기다. 이쯤이면 남이라고 해도 무방하지 않을까. 오빠가 내게 살갑게 굴었던 기억 따위는 없다. 그렇다고 나와 오빠 사이에 무슨 문제라도 있었느냐고 누군가 묻는다면 딱 잘라 말할 만한 불미스러운 사건이 있었던 것도 아니다. 그저 이상하리만치 인상이 좋지 않았을 따름이다. 내게 오빠는 방에서 잘 나오지 않는 음울하고 히스테릭한 소년이었고 격하게 표현하자면 밥맛 떨어지는 자식 그 이상 그 이하도 아니었다. 그러다보니 막상 부고를 들었을 때의 솔직한 소감이라고 한다면 맞다, 그런 사람이 내게 있었지,였다. 그렇다고 이런 속내를 내비칠 수도 없는 노릇이었다. 가족의 죽음 앞에서 심드렁한 기색을 드러낼 만큼 나는 멍청하거나 용감하지 않았다. 나는 이상한 사람으로 보이기 싫었고 가능하다면 슬퍼하는 모습을 연출하고 싶었다. 몇번인가 눈물을 머금는 데까진 성공했지만 애도라기보다는 혼자서 하는 상황극이라고 보는 편이 맞을 지경이었다.

통계를 살핀 것도 아니고 실제로 그러한 통계가 있는

지도 모르겠지만 열일곱은 상복을 입기에 다소 이른 나이라는 생각 때문에 설렌 것도 사실이었다. 뭐라 해야 좋을지는 모르겠는데 뭐라도 된 듯한 기분이었다. 삼촌은 말했다. 유가족은 상을 치르는 삼일 동안 씻거나 잠들지 않고 빈소를 지키며 문객을 받아야 하는데 이렇게 고생스러운 의식을 치르는 이유는 몸을 피로하게 만들기 위해서라는 것이었다. 몸이 고되면 고인을 떠나보낸 슬픔이 비집고 들어올 틈이 좁아진다는 얘기였다. 이상한 말이었다. 마음이 힘들 때 몸까지 괴롭힐 것은 또 뭘까 싶었다. 삼촌의 말을 곧이곧대로 따른다 하더라도 이 장례식은 완전히 틀려먹었다. 찾아오는 사람이 이토록 적어서야 고될 일이고 뭐고 없었다. 멋쩍고 낯 뜨겁게 만들어서 슬픔을 잊으라는 의도라면 또 모를까. 심지어 고인의 지인으로서 찾아온 조문객은 저들이 처음이었다. 그런 생각을 하다가 불쑥, 저들이 떠나고 나면 화장실에 가야겠다고 마음먹었다. 그리고 그곳에서 상복 입은 내 모습을 사진으로 남길 것이다.

어느 틈엔가 오렌지가 가까이 다가와 있었다. 그는 냉장고를 가리키며 마실 것을 꺼내도 되냐고 어수룩하게 물었다. 내가 꺼내주겠다고 했으나 오렌지가 고사했다. 오렌지는 어전에서 물러나는 환관처럼 멀어졌다. 그리고 냉장고 문을 열어 맥주와 소주를 꺼냈다. 그 모습을 목격한 나는 오렌지의 동료들에게 시선을 옮겼고 오렌지를 지켜 보던 그들 역시 나를 쳐다봤다. 천적의 동태를 살피는 미 어캣 무리 같은 얼굴들이었다.

밥 먹을 때는 잠자코 있던 그들이 술을 꺼내 든 순간부 터 활기를 띠기 시작했다. 왜 아무도 없냐. 연락 누가 돌렸 어? 저는 안 했는데요. 너도? 깜빡했습니다. 죄송합니다. 아니다. 내 잘못이다. 내가 했어야 하는데. 경찰서에서 조 사받는 틈틈이 내가 연락을 돌려야 했어 이 망할 것들아. 우리도 정신없었잖아요. 혁태 오빠 얘기 듣고 계속 연습 실 짱 박혀서 울고 연습하고 울고 연습하고. 이거 봐요. 눈 이 안 떠질 지경이라고요. 알겠으니까 그것 좀 그만 쓰자, 칸예 웨스트니. 어쩌죠 형. 뭐를. 하, 할 거예요? 기다려봐. 형님들, 누나, 죄송한데 제 생각에 아무래도 이 분위기에 서는 오버입니다. 너는 무슨 말을 그렇게 해? 혁태 오빠 유언이잖아.

그 말을 끝으로 대화가 끊겼고 그들과 나의 눈이 다시 한번 마주쳤다. 그들은 급히 시선을 떼고 낮은 목소리로 말을 나누기 시작했다. 짐바브웨에 도래한 빙하기, 미어 캣 대표들이 개최한 비상대책위원회 현장 같은 것이 상상 됐다. 한참을 그 자세로 얘기도 나누고 술도 마시던 그들은 바가지에게 뒤통수를 한대 맞은 오렌지가 자리에서 일어나면서 회의 종료를 선언했다. 오렌지는 쭈뼛거리며 다가왔다.

"합석하실래요?"

저 뒤에서 오렌지를 향한 탄식이 들려왔다. 나는 오렌지를 올려다봤고 오렌지는 눈동자를 굴렸다. 빈소 쪽을 살핀 뒤 오렌지를 따라 그들 자리에 합류했다. 오렌지는 앉자마자 탬버린에게 팔뚝을 꼬집히고 신음했다.

"얘기 많이 들었습니다."

스킨헤드가 먼저 말을 꺼냈다. 무슨 말을 들었는데요? 스킨헤드는 뜸을 들였다. 터울이 많은 여동생이 있다고 들었습니다. 다른 얘기는요? 다른 얘기라면…… 스킨헤드가 침묵을 이어나가는 동안 오렌지가 종이컵을 내밀었다. 종이컵 안에는 카푸치노 위에 얹힐 법한 거품이 올라와 있었다. 오렌지는 빈 맥주 캔을 등 뒤로 숨기며 해맑게 웃어 보였다. 옆에 있던 탬버린은 편두통이라도 온 듯한 얼굴이었다. 이럴 땐 마셔도 돼요. 오렌지는 그렇게 말했고 이럴 때는 대체 어떨 때인지 알 듯 모를 듯한 기분으로 잔을 받았다. 오렌지가 건배 제의를 하려는 것을 바가지가 막았다. 이상한 오기가 들어 종이컵에 든 술을 단번에 들이켰다. 불쾌한 맛이었다.

어떻게 알게 된 친구예요? 바가지가 대답했다. 저희가 혁태 형이랑 같이 밴드를 하, 허, 했거든요. 밴드요? 네. 무슨 밴드요? 오렌지가 끼어들었다. 록입니다, 록. 그들의 행색을 생각했을 때 전혀 의외일 리는 없었으나 막상 사실을 알고 보니 이 사람들이 지금 무슨 얘기를 하는 거람 싶었다. 잠자코 눈만 끔뻑이고 있자 그들은 내가 록이 뭔지 모른다고 짐작한 모양이었다. 따지고 보면 아예 틀린 생각은 아니었다. 록에 관해 아는 것이라고는 기타나 드럼, 머리를 길게 기른 남자들, 고래고래 악 지르는 목소리 같은 이미지뿐이었으니까. 그들은 자신들이 하는 음악을 설명하려고 애를 쓰기 시작했다. 우리 음악은 약간⋯ 동두천 스타일이잖아요 오빠, 약간 올드한 게. 올드하다고? 아니지, 매니악한 거지. 전에 누가 우리 보고 누메탈이라고 했습니다. 메탈? 왜 우리가 메탈이야? 하드코어지. 핌프 아닌가? 그게 뭐예요? 얘들아, 누메탈은 디제이가 들어가야 누메탈이지 녀석들아. 누가 그래요?

무슨 얘기를 하는지 전혀 알아들을 수 없었다. 말을 하는 당사자들마저도 스스로 무슨 얘기를 지껄이는지 모르기 때문인 것 같았다. 한편으로는 그들이 이상한 단어들을 입에 올리면서 대화를 나누는 일에 어떤 자부심이나 만족 같은 것을 느끼고 있는 것처럼 보이기도 했다. 그럴싸한 대화를 주고받는다는 착각에 빠진 모양이었다. 그들이 하는 음악이 더이상 궁금해지지 않았을 때쯤, 아니 처음부터 그들이 타령을 하든 곡소리를 내든 관심이 없었으므로 장르니 정체성이니 열을 올리는 그들에게 짜증을 퍼부으려고 마음먹은 찰나에 스킨헤드가 논쟁을 끝냈다. 우리는 그로울링을 하는 밴드입니다. 그로울링이 무엇인지 반문해야 하나 말아야 하나 갈피가 잡히지 않았다. 어느 쪽을 택하든 그로울링에 대한 긴 설명을 들어야 할 것 같은 예감이 들었다. 걱정과 달리 스킨헤드는 단 한번의 표현으로 그로울링이 무엇인지 설명해냈다.

"우웩."

이게 그로울링입니다. 그 말에 하마터면, 아니죠, 그건 오바이트죠,라고 답할 뻔했지만 도로 목구멍 안으로 삼켰다. 스킨헤드는 묻지도 않았는데 사족을 덧붙였다. 이런 소릴 내는 방법은 의외로 간단합니다. 목구멍을 무지하게 넓힌 뒤 토한다고 생각하고 소리를 내면 됩니다. 우웩. 우웨엑. 나는 고개를 주억거렸다. 오빠가 했던 음악은 구역질 같은 거였구나. 어쩜 또 지 같은 걸. 스킨헤드가 그로울링을 멈춘 뒤 나와 그들 사이에 대화가 끊겼다. 오렌지가 내 잔에 맥주를 따르려 했다. 치워요. 오렌지가 물러났다.

"오빠 유언이 뭔데요?"

혁태 오빠는요. 한동안 아무도 답을 못하고 있을 때 탬버린이 입을 열었다. 자기가… 잘못됐을 때,라고 말하자마자 별안간 탬버린은 울음을 터트렸다. 오렌지가 휴지를 찾다 탬버린에게 건넸다. 스킨헤드는 안색이 어두워졌고 바가지는 고개를 숙였다. 갑자기 내가 거추장스러웠다. 혁태 형은 자기가 죽으면, 그렇다고 진짜 죽기 직전에 한 말은 아닌데, 어쨌거나 꼭 장례식장에서 듣고 싶다고 한 노래가 있었거든요. 바가지가 탬버린을 대신해서 말을 이었다. 그래서요? 바가지는 말주변이 별로 없었다. 하지만 떠듬떠듬 무언가를 이해시키려, 혹은 허락을 맡고자 했다. 본론을 꺼내지 못하고 제자리에서 빙빙 돌았지만 바가지가 하고자 하는 말이 무엇인지 짐작됐다. 듣고 싶은 음악, 기타 두대, 탬버린 하나. 알 만했다. 그들은 정말로 무대를 찾아온 것이다.

나는 엄마에게 그들을 고발했고 엄마는 그들을 내쫓았다.

쉬어야 할 정도로 일이 힘들지는 않았지만 그들이 사라지고 난 뒤 어쩐지 기운이 바닥나버렸다. 빈소 한편에 준비된 작은 방문을 열었다. 내가 들어오는 바람에 잠에서 깬 삼촌은 엄마랑 있겠다며 방을 나섰다. 나는 삼촌이 내어준 자리에 누웠다. 새삼 드는 생각이지만 인체는 신비하다. 아무리 힘이 없어도 폰 만질 힘은 꼭 있다. SNS와 채팅방은 조용했다. 누군가에게 대화를 걸고 싶었지만 누구 말에도 답할 힘은 없었다. 폰으로 게임을 하며 아까 왜 그들 사이에 앉아 대화를 나눴는지 생각했다. 아마도 상식적으로 행동하고 싶었던 것 같다. 이 행사는 내 오빠의 장례이고 나는 고인의 동생이다. 장례가 진행되는 동안 나는 고인을 생각하고 기려야 한다. 오빠에 대해 잘 알지 못한다면 알아보고자 노력이라도 해야만 하는 것이다. 그것이 나의 의무라는 생각이 들었나보다. 그런 맥락에서 오렌지는 내 관심사를 정확하게 건드렸다.

"혁태 형 블로그 있어요."

빈소에서 내쫓기기 직전 오렌지는 블로그 주소를 하나 알려줬다. 그것을 보면 내가 마음을 바꿔 먹기라도 할 것으로 믿는 모양이었다. 나 하나 설득한다고 장례식장에서 공연을 할 수 있는 것은 아닐 텐데. 의도야 어떻든 오렌지가 알려준 대로 블로그에 접속했다. 블로그에 대한 첫인상은 투박하고 검붉다는 것이었다. 카테고리라고는 음악, 영화, 공연, 일상 이렇게 네가지뿐이었다. 한가지 더 특징적인 것은 닉네임이었다. 돈키혁태라니. 구렸다. 게시물은 별다른 코멘트 없이 영상이나 사진, 노래만 올라 있는 경우가 대부분이었는데 어쩌다 가끔 써놓은 말도 짤막했다. 내가 보기엔 다 허세 같았다. 간혹 오빠 사진이 있었지만 하마터면 못 알아볼 뻔했다. 머리는 새빨갛게 물들었고 양 귓불에 큼직한 피어스를 했기 때문이다. 변하지 않은 것이라곤 표정뿐이었다. 선글라스를 쓰고 아닌 척 멋을 부리거나 기타를 멘 채 담배를 피우는 사진까지는 그런대로 참아줄 만했지만 웃통을 벗은 모습은 그야말로 경악이었다. 상반신에 흉측한 문신이 새겨져 있었던 것이다. 문신은 장기(臟器) 모양을 그대로 본뜬 것이었다. 심장이 있을 법한 위치에 심장이, 폐와 간 그리고 위와 장이 있을 법한 위치에는 폐와 간 그리고 위와 장 문양이 그려져 있었다. 불경한 얘기지만 오빠가 만약 장기를 기증하기로 했다면 의사 선생님들이 좋아할지도 모를 일이었다. 친절하게 가이드라인을 그려놓은 셈이니까. 아닌가. 오히려 헷갈릴까. 나 역시 내 오빠 돈키혁태 씨가 헷갈렸다.

두가지 사실을 알게 됐다. 하나는 오빠가 활동했던 밴드, 그러니까 그 4인조와 오빠가 함께한 밴드의 이름이 '볼셰비키'라는 것이다. 무슨 뜻인지 몰라서 검색해봤지만 무슨 뜻인지 더 알 수 없게 됐다. 또 하나, 오빠는 볼셰비키의 세컨드 기타리스트로서 나름대로 명성과 인기를 얻었던 모양이다. 오빠를 찬양하는 무리가 댓글란을 성실하게 채우고 있었다. 오빠에 대한 평가는 요약하자면 대체로 이랬다. 형 멋있어요. 오빠 잘생겼어요. 눈 씻고 찾아봐도 기타를 잘 친다는 얘기는 없었다.

끈질기게 블로그를 탐독한 끝에 미미한 성과를 얻었다. 비교적 길게 써놓은 글귀들을 발견한 것이었다. 그리고 그중 가족에 관해 짧게나마 언급되는 포스팅이 몇개 있었다.

엘피판이 허공에 날아다니는 걸 봤을 때부터 알아봤다 내
인생. 아버지는 열 받는 일이 있으면 창고에 가서 엘피를
집어던졌다. 소싯적에 음반 장사를 했다는데 창고에
재고들이 되게 많았다. 나쁘지 않은 영업이었다고 한다.
어쩌면 아버지 친구들이 가게 지하실에 모여서 대마만 안
피웠어도, 그리고 그게 단속에 걸리지만 않았어도,
아직까지 우리 집은 음반을 팔고 있었을지도 모른다

/

만취한 아버지가 가끔 내 방에 와서 듣고 싶은 음악이 있다며 틀어달라곤 했다. 친구 중에 호텔 캘리포니아를 좋아하는 분이 있었다고 했다. 그땐 이미 암으로 고인이

되신 분이었고 아버지는 호텔 캘리포니아를 들을 때마다
눈물을 흘렸다.

　　그분은 이 곡을 너무 좋아하셔서 생전에 캘리포니아
여행을 몇번이나 다녀왔다고 한다. 그런데 이 노래
캘리포니아를 까는 노래 아니었나? 호텔 캘리포니아든
대니 캘리포니아든 관심 없다.

　　그래도 내가 죽고 난 뒤 어떤 노래를 들으면서 누군가가
날 떠올려준다면 멋질 것 같다

/

Understand the things I say
Don't turn away from me
'Cause I've spent half my life out there
You wouldn't disagree
엄마가 싫었다 취한 아버지랑 나만 두고 걸핏하면 집을
나갔거든

　　이것이 전부였다. 어디에도 오빠는 자신이 죽은 뒤에 듣
고 싶다던 노래는 적어놓지 않았다. 종종 비밀번호가 걸
린 채 내용이 숨겨진 글들이 있었지만 나이와 기일을 제

외하고 나는 오빠와 관련된 그 어떤 숫자도 알지 못했다.

둘째날이 되어서야 비로소 삼촌의 말이 무슨 뜻이었는지 알 것 같았다. 조문객이 몰려든 것이다. 피크 타임을 맞은 맛집의 종업원이 이런 기분일까. 이 모든 게 어제 찾아온 그들, 볼셰비키 때문이었다. 장내는 그들과 비슷한 행색을 한 무리로 장사진을 이뤘다. 모히칸부터 허리춤에 체인을 두르거나 정장에 징을 박고 온 사람까지, 그야말로 악의 소굴이었다. 호상이 아니기 때문인지 크게 떠들지는 않았지만 참지 못하고 울음을 터트리거나 욕설을 내뱉는 이들도 종종 있었다. 그런 정황인 이유로 오렌지와 스킨헤드가 점심시간부터 일손을 돕고 있어도 전혀 고맙지 않았다. 엄마는 육개장과 소주를 입에다 들이붓는 면면을 황망한 얼굴로 살필 따름이었다. 좋은 점이라고 한다면 바쁘게 움직이는 동안 신경을 거스르는 생각들을 잊을 수 있다는 것이었다. 오빠의 블로그와 도무지 알 수 없는 네자리 비밀번호, 그리고 장례식에서 듣고 싶다던 노래 같은 것들 말이다.

"어제 같은 거 혁태 형이 되게 싫어해요."

"어제요?"

한가한 틈을 노리고 오렌지가 말을 걸어왔다. 관객이

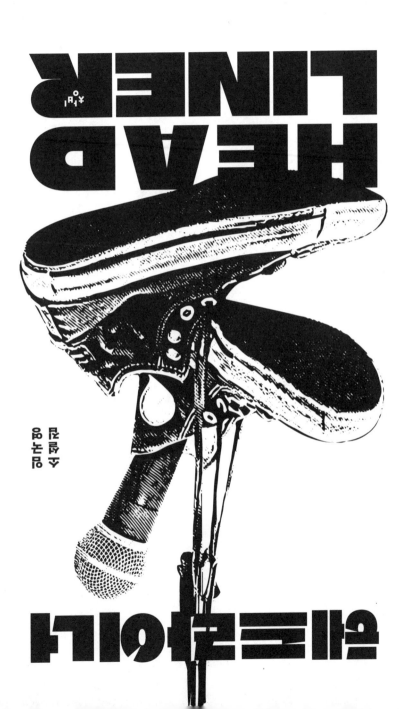

적은 거요. 그렇게 답하고 오렌지는 새로 찾아온 손님들을 맞으러 움직였다. 조문객 대부분이 오렌지와 스킨헤드가 아는 사람들이었다. 저들이야말로 진짜 가족이고 나는 고용된 사람처럼 생각됐다. 사람이 많아지자 내가 편하게 머물 자리가 사라졌다. 오렌지 그리고 스킨헤드와 가까운 곳에 서서 대기하는 시간이 점차 늘었다. 둘은 조문객들을 하나하나 살피며 쑥덕거렸다. 간혹 그 둘이 인상을 썼는데 주로 예쁜 여자들을 손가락으로 가리킬 때였다. 여기가 어디라고. 스킨헤드가 혀를 찼다. 들으라고 한 소리 같았는데 주변이 부산스러웠기 때문에 들렸을 리가 없었다. 그녀들이 이곳에 오지 말아야 할 그렇고 그런 이유들을 몇가지 떠올렸다가 흩어버렸다.

밤이 깊어지자 나는 완전히 지쳐버렸다. 새로운 조문객은 없었지만 자리를 뜨는 사람도 드물었다. 어느 틈엔가 바가지와 탬버린이 와 있었고 스킨헤드와 오렌지는 자리를 옮겨 다니면서 술을 마셨다. 여전히 머물 곳이 마땅치 않았기 때문에 결국 빈소로 가 엄마 옆에 앉았다. 엄마는 울지도 영정 사진을 노려보고 있지도 않았다. 모르는 사람이 보면 명상에 빠진 것으로 착각해도 이상하지 않을 정도로 묵묵히 앉아 있었다. 엄마 어깨에 기대고 눈을 감았다. 당장 잠들 수 있을 것 같았다. 엄마는 내 머리를 쓸어 만졌고 나는 눈을 뜨지 않았다. 잠시 후 내 머리 위로 엄마가 머리를 기대는 게 느껴졌다. 반쯤 잠에 취한 기분이 들었을 때 엄마에게 묻고 싶었던 말이 떠올랐다. 그러나 물어볼 수는 없었다. 엄마, 엄마 얘기랑 다르던데. 아빠 때문에 오빠가 엇나간 거라며. 근데 엄마. 오빠는 엄마가 싫대.

"엄마."

엄마는 답이 없었다. 숨소리로 미루어봐서는 잠든 것일지도 몰랐다.

"오빠 생일이 언제야?"

잠이 든 듯한 숨소리 사이로 엄마 목소리가 들린 것 같았다. 몰라 이년아. 한참을 그대로 있다가 눈이 뜨였다. 빈소 입구에서 오렌지가 고개를 들이밀고 있었다. 오렌지가 손짓으로 나를 불렀고 나는 엄마에게서 몸을 뺀 뒤 오렌지를 따라 밖으로 나섰다. 오렌지는 한마디도 설명하지 않았지만 밖에는 예상하던 인물이 날 기다리고 있었다.

"혁태는 볼셰비키의 시드 비셔스 같은 존재였어요."

스킨헤드는 주차장 옆 화단에 앉아 소주를 마시고 있었다. 어두운 곳이라 안색을 제대로 살필 순 없었지만 취기가 많이 올랐다는 것은 알 수 있었다. 연주를 더럽게 못했거든요. 그렇게 말하고 스킨헤드는 숨넘어갈 듯 웃기 시작했다. 이해할 수 없는 농담이었기 때문에 따라 웃을 수도 없었다. 오렌지는 스킨헤드 옆에 앉아 잔을 채웠다. 스킨헤드는 웃음을 멈추지 못했다. 그리고 별안간 자리를 박차고 일어나 조금 떨어진 곳에 고꾸라졌다. 스킨헤드는 스핑크스 같은 자세로 토하기 시작했다. 먹은 게 얼마 없는지 게워내는 내용물이라곤 별 볼 일 없는 것들뿐이었다. 그러나 구역질 소리 하나는 시원했다. 왜 그들이, 오빠가 저런 소리가 나는 음악을 했는지 조금쯤은 알 것 같았다. 나를 대신해서 누군가가 토해주는 느낌이 들었다. 토악질이 끝난 뒤 스킨헤드는 미처 끝내지 못한 웃음을 마저 터트렸다. 진작 알려줄걸. 스킨헤드는 울기 시작했다.

"이렇게만 하면 되는 건데."

이렇게, 목구멍을, 이렇게 좀 토하지 혁태야. 무슨 얘긴지 감이 잡혔다. 오빠의 사인은 질식이었다. 만취한 채 자다가 토사물이 볼케이노처럼 솟구쳤고 천장을 보고 똑바로 누워 자던 오빠는 그대로 기도가 막힌 것이다. 참 기막힌 사인이었다. 오렌지가 잔을 건넸다. 치우라고요. 아시는지 모르겠지만. 스킨헤드가 제자리로 돌아오며 말했다. 제가 옆에 있었어요. 혁태는 저랑 마신 겁니다. 아침에 일어났을 때 혁태를 발견한 것도 접니다. 그 말을 듣고 나는 그들 앞에 앉았다. 그리고 오렌지가 따라놓은 소주잔을 쥐었다. 우리 셋은 잠자코 술을 들이켰다.

　처음엔 파리 코뮌이었다고 들었습니다 형님. 무슨 뜻인
데요? 저도 잘 모르겠는데 아마 혁태도 뭔지는 몰랐을 거
예요. 무슨 저항이라는 단어만 붙으면 사족을 못 쓰던 놈
이라서. 같이 음악 한 게 4년인데 밴드 이름은 걔가 다 지
었어요. 그다음에 우리가 만든 그룹이, 어디 보자, 파르티
잔이었나 사보타주였나. 개인적으로는 마오 쩌둥 때가 최
고였습니다. 그때 저 혁태 형 완전 팬이었습니다. 연주는
더럽게 못했어도. 오빠는 문신을 왜 그렇게 한 거예요? 장
기 말입니까? 뻑 가지 않습니까? …얘가 기타 실력 하나
로 서울예대 실음과를 한방에 들어갔어요. 떨떨해 보여
도 연주력은 쓸 만하죠. 원래 신심으로 음악 하는 사람들
이 잘합니다 형님. 교회 다니세요? 그렇습니다. 중학교 때
부터 CCM 밴드 했습니다. 근데 어제 왜 절했어요? 요즘
엔 잘 안 나갑니다. …근데 맥주보다는 소주가 낫네요. 주
종이 소주신가 봅니다. 혁태도 그나마 소주는 잘 받았는
데. 아, 아, 막걸리만 안 먹었어도. …오빠가 듣고 싶었다
는 노래가 무슨 노래예요? 그 노래 말입니까? 이거 말하
자면 깁니다. 핑크 플로이드 곡인데요 다른 노래처럼 실
험적이거나 막 이상하지 않고 서정적입니다. 원래 로저

워터스가 이런 곡 잘 안 만드는데 말입니다. 그 곡을 로저 워터스가 만들었어? 데이비드 길모어가 아니라? 전 그렇게 알고 있습니다. 아무튼 핑크 플로이드가 작업 중인 스튜디오에 밴드에서 방출되고 폐인이 된 시드 배럿이 찾아왔는데 말입니다. …오빠 삥었네. …이 오빠는 베이스랑 작곡하고 나는 드럼이야. 드럼이요? 언니는 탬버린이 좋아요. 챙, 챙. …오빠는 완전 쪼다 새끼였어요. 혁태 오빠가 왜? 그냥요, 쪼다가 쪼다죠 뭐. 에이, 왜 그러십니까. 근데 오빠가 뒤에서 엄마 욕하고 다니고 그랬어요? …이제 졸업인데 돌아버리겠어. 언제까지 드럼이나 쥐어 패고 있을 수도 없고. 그런 게 어딨습니까 누나. 볼셰비키 결성된 지 얼마나 됐다고 벌써 그만두려고 그럽니까. 그럼 어떡해. 혁태 오빠도 없는데. 우리끼리라도 잘하면 되지. 저기요, 근데, 울 오빠가 듣고 싶다던 노래 제목이 아까 뭐라 그랬더라? …야! 야! 죄송합니다 형님. 아니 근데 저 새끼가 싸가지 없이 굴잖습니까 어제부터. 야! 야! 야!

"술 깨고 나면 지도 후회할 거야."

정신이 들었을 때 나는 야외 어느 벤치에 탬버린과 함께 앉아 있었다. 오렌지에게 맞은 왼뺨에 손을 대고 우는 중이었다. 울고 있다는 사실을 깨닫자 어쩐지 서러워졌다. 아픈지 어떤지는 잘 모르겠지만 이때다 싶어서 목 놓아 울었다. 그리고 이렇게 중얼거렸다. 술에서 깨도 사과하지 말라고 해요. 나한테 사과하지 말라고 해요.

얼마간 탬버린에게 위로를 받았던 것 같다. 그리고 어느 순간부터 탬버린이 일방적으로 얘기를 늘어놓기 시작했다. 내용은 기억나지 않았다. 간혹 그렇죠, 힘들겠네요, 그럼요,라고 답했단 것과 통곡하는 탬버린의 등을 두들기는 장면만 어렴풋했다. 챙, 챙. 그리고 잠깐 정신을 잃었다가 되찾았을 때는 실내를 걷는 중이었다. 속이 좋지 않았다. 얼굴이 기분 나쁘게 달아올랐고 눈앞이 좌우 구분 없이 흔들렸다. 빈소에 들어섰을 때가 돼서야 어른들에게 혼날지도 모른다는 걱정이 들었다. 그러나 엄마는 왼쪽 볼과 눈가가 부은 채 술 냄새를 풍기는 미성년 딸내미에게 아무런 질문도 하지 않았다. 엄마는 오빠가 입관할 때라고 알렸고 나는 그게 무엇인지 몰랐다. 관에 봉해지는 고인을 유가족이 지켜봐야 하는 일이라고 했다. 그러나 빈소를 비우는 일은 있을 수 없으므로 한 사람은 자리를 지켜야 한다며 내게 이곳에 남으라고 말했다. 엄마는 삼촌과 이모 그리고 이모부와 함께 어디론가 사라져버렸다. 나는 술에 취해 있었지만 엄마가 내린 판단이 나를 위한 배려에서 비롯한 것이 아님을 알 수 있었다. 엄마에게는 내 다른 쪽 뺨을 때릴 여력이 없었을 뿐이다.

어른들이 자리를 비우자 장내는 절정에 치달아갔다. 술기운이 오른 로커들이 언성을 높이기 시작했다. 한쪽에선 가벼운 몸싸움이 일어났고 또다른 자리에서는 덩치 큰 남자 서너명이 쓰러져 울고 있었다. 나는 벽에 몸을 기대앉아 눈을 감았다. 그들은 목청이 좋았지만 무슨 얘기를 하는지 도통 알 수가 없었다. 그리고 그 사이로 현을 퉁기는 듯한 소리가, 그러니까 이를테면, 아니 그냥 기타 소리가 들려오기 시작했다. 로커들은 소란을 멈추고 누군가의 연주에 맞춰 입을 모아 내가 알지 못하는 노래를 부르기 시작했다. 록에 관해 쥐뿔도 모르지만 그들의 합창이 엉망이라는 사실 정도는 알 수 있었다. 한국말인지 영어인지 정말 언어이긴 한 건지, 우는지 웃는지도 모를 목소리들. 차라리 마음이 편했다. 결국 이렇게 될 줄 알았다. 입관에 참석하지 않아서 다행이라는 생각이 불쑥 들었다. 아무 표정도 없을 정혁태 씨의 시신에게 작별을 고할 자신이 없었다.

인기척이 느껴졌다. 빈소 안으로 들어온 한 남자와 눈이 마주쳤다. 그는 나를 물끄러미 바라보았다. 자신을 기억하는지 어떤지를 가늠하는 모양이었다. 일곱살 때 이후로 처음 마주하는 것이었지만 그가 누구인지는 알아볼 수

있었다. 그는 영정 앞에 섰다. 그가 절을 하다가 금방이라
도 앞으로 고꾸라질 것처럼 보이는 것은 내가 취했기 때
문일까. 기울어진 배 안에서 치러지는 의식을 지켜보는
듯했다. 그가 다가오자 나는 고개를 조금 숙였다. 그는 오
른손을 머뭇거리며 움직였다. 악수를 청하려던 모양이었
는데 마음을 바꾸고 내게 포옹했다. 술 냄새가 났다. 누구
에게서 나는 것인지 알 길이 없었다. 엄마는? 입관 때문
에. 그는 뭘 알았다는 것인지 고개를 끄덕이고 시선을 깔
았다. 볼 일 다 봤으면 이제 방에서 나갔으면 싶었지만 그
는 어정쩡한 자세로 머물러 있었다. 내가 말을 꺼내길 기
다리고 있는 것처럼 보였다. 어떻게 알고 왔냐고 물어보
려 했는데 왜 왔냐는 물음이 튀어나왔다. 그는 대답 없이
빈소를 나섰다. 그리고 경건해진 로커들의 무대를 뚫고
구석 자리 한곳을 차지했다. 누군가 술판을 벌인 뒤 치우
지도 않은 테이블 앞에 앉아 소주잔을 채웠다. 마른안주
를 씹으며 그는 넥타이를 풀어헤친 채 눈시울을 붉혔다.
슬퍼 보였지만 어딘가 불만이 가득한 얼굴이었다.

　그래, 이런 사람이 내게 있었지,라는 생각이 든 순간 욕
지기가 치밀었다. 난생처음 겪는 역겨움이 목구멍을 지나
입 밖을 넘봤다. 사람들 눈에 띄지 않는 곳에 가야 한다는
생각 때문에 급하게 빈소 안쪽으로 들어왔다. 어떻게든

삼켜내려고 했지만 결국 고개가 밑으로 꺾였다. 목구멍에서 대단한 것들이 여과 없이 쏟아져 나왔다. 눈이 감겼고 얼굴에 뜨거운 토사물이 튀는 것을 느꼈다. 신 냄새가 코를 찔렀다. 내 입에서 뿜어지는 낯선 음성이, 크고 낮게 토악질하는 소리가 로커들의 헌정 공연과 섞여서 먼 곳에서부터 들려오는 듯했다. 얼마 지나지 않아 목구멍을 타고 넘어오던 것들이 사라졌다. 펌프질 하듯 몇차례 헛구역질을 했다. 내용물이 다 떨어진 샴푸통이라도 된 것만 같았다. 눈을 뜨자 토사물 무더기가 빙글빙글 돌고 있었다. 어떤 것은 흔적도 없이 녹았고 어떤 것은 아까 먹은 덩어리 그대로였다. 그런 것들이 뒤섞인 채로 코앞에 자리하고 있었다. 상복 소매로 입가와 머리카락을 닦고 몸을 세웠다. 무심결에 누군가의 시선을 느꼈고 그곳으로 고개를 돌렸다. 짜증이 치밀게 만드는 얼굴을 하고 오빠가 나를 쳐다보고 있었다. 스킨헤드의 목소리가 떠올랐다. 이렇게, 목구멍을, 이렇게 좀. 그러게 내 말이. 잘 좀 토하지 등신아. 이렇게만 하면 되는 건데. 엄마는 빈소를 비워서는 안 된다고 했지만 이대로 있을 수는 없었다. 화장실에 가야만 했다. 가서 사진을 찍기로 마음먹었다. 상복 입은 내 모습을, 볼이 부은 얼굴을 사진으로 남기는 것이다. 그런 생각을 쏟아져 있는 나의 토사물을 보면서 했다.

태의 열매

보라 자식들은 여호와의 기업이요
태의 열매는 그의 상급이로다
—시편 127장 3절

　지난 명절, 오래간만에 고향 친구들과 술자리를 갖던
내 앞에 불쑥 아버지가 나타났다. 시골 상권에 마땅한 술
집이 없었던 터라 우연히 마주칠지도 모른다고 예상은 했
지만 아버지는 아무래도 작정하고 나를 찾아 헤맨 모양이
었다. 소주 두병을 넘게 마신 나보다 취기가 올라 있던 그
는 나를 윽박지른 뒤 억지로 차에 태웠다. 반발하거나 저
항하지 않았다. 익숙하다면 익숙한 일이었으니까. 녹내장
으로 눈이 아프다며 야밤에도 절대 벗지 않는 라이방 선
글라스, 리바이스 청바지와 그 안에 집어넣은 구제 폴로
셔츠 그리고 입에 문 말보로 레드. 환갑이 되어도 아버지

는 아버지였다.

"아들아, 넌 오늘 뒈졌다."

노련한 음주운전 실력으로 집으로 향하는 내내 아버지는 아들이 아니라 멸문의 원수를 대하듯 상스러운 욕을 쏟아부었다. 아버지에게 안부 연락도 일절 않고 코빼기도 비추지 않는 호로 새끼라는 말이 장황하게 부풀려졌다. 틀린 말은 없었다. 나는 지난 몇년간 아버지를 피했다. 명절에 본가를 찾더라도 아버지가 친구들과 술을 마시러 간 틈을 타 어머니에게 얼굴을 비추고 지척에 홀로 사시는 외할머니께 인사를 드린 뒤 인천의 자취방으로 돌아가버리곤 했다.

나름대로 이유가 있었지만 곧이곧대로 털어놓을 수는 없었다. 아버지에게 전하지 못한 진심이 이거 하나뿐은 아니었지만 '자칫 잘못하면 아버지를 죽여버릴 것 같아서'라고 실토할 수는 없는 노릇이었으니까.

아버지가 중앙선을 아슬아슬하게 넘나들며 차를 몰던 그때 스피커에서 올드 록이 흘러나오기 시작했다. 하필이면 레너드 스키너드의 '프리 버드'였다. 아버지는 언제 화를 냈느냐는 듯 웃는 낯으로 노래를 흥얼거렸다.

"음악 좋아하는 사람 치고 나쁜 사람 없다! 안 그러냐, 아들?"

자정이 넘은 시각이었고 어머니는 침실에 잠들어 계셨다. 한바탕 푸닥거리를 늘어놓은 아버지는 웃음을 흘리며 나를 거실 바닥에 앉혔다. 그리고 술과 잔을 꺼내 왔다. 서른이 넘도록 아버지와 대작을 해본 일이 없었기 때문에 불편하기 짝이 없는 상황이었다. 천만다행으로 나와 아버지는 이미 취할 대로 취해 있었고 술잔을 몇번 더 비우기까지 하자 문제는 해결됐다. 아버지는 가족으로서는 최악일지 몰라도 술친구로는 최적이었다. 어떤 점이 그러하냐면, 어떤 말에도 입이 찢어져라 웃어준다는 것이 그랬다. 농담이 오가지 않는 술자리란 메시아가 등장하지 않는 신약이나 마찬가지다. 구원은 취중에나 찾아온다는 사실을 아버지는 진즉 깨친 것일지도 몰랐다.

"기억하세요? 아버지."

"뭐? 뭐 말인데."

"그때 있었던 일 있잖아요. 그때 아버지가…"

긴 세월 알고 지낸 사이끼리 ─ 가족을 두고 이런 표현을 쓰는 게 적절한지는 모르겠으나 ─ 오랜만에 만나서 나누는 대화란 대체로 과거에 관한 이야기인지라 나는 자꾸 시간을 거슬러 올랐다. 현재에서 과거로, 어릴 적 이야기를 한 뒤 더 어릴 적 이야기로 옮겨갔다. 비로소 나는 아버지에 관한 기억들, 농담으로라도 추억이라 할 수 없는 이야기들을 안줏거리 삼기로 결심했다. 한편으론 모순된 말이지만 내가 지금 건네는 농담을 다만 농담으로만 받아들이지 않길 바라는 심정으로.

"십년 전쯤인가, 겨울에 주유소에서 아르바이트를 할 때였는데요. 인근 공사장에서 찾아온 덤프에 기름을 넣고 있는데 낯익은 SUV 한대가 앞을 지나쳤어요. 얼어붙은 노면 위를 비틀거리며 역주행하고 있었죠. 그리고 맞은편에서 달려오는 아우디를 받아버렸어요. 와, 저거 큰일 났다. 트럭 기사 아저씨와 먼발치에서 그 광경을 구경하며, 죽었나? 죽었겠지? 속삭이던 그때, 교통사고를 낸 SUV의 운전석 문이 열리고 선글라스를 낀 아버지가 모습을 드러내셨죠."

"야 인마! 언제 적 얘길 하는 거야? 술이나 마셔! 넌 오늘 뒈졌어!"

우리는 낄낄 웃었다. 당시 아버지는 무면허에 만취 상태였고 그 사고로 얻은 빚은 아직도 해결되지 않았다. 그리고 아버지는 수감됐다. 처음 있는 일도 아니었다.

"더 옛날 얘기도 있어요. 풀벌레가 울고 별이 빛나던 여름의 깊은 밤이었는데… 아버지는 갑자기 인천으로 돌아가겠다며 초등학생이던 저를 잠에서 깨워 차에 태웠어요.

물론 취해 계셨고 사력을 다해 막는 어머니를 뿌리친 뒤 기어이 액셀을 밟았죠. 출발하고 조금 뒤 뭔가 잘못 됐다고 느끼셨던지 아버지는 어떤 구멍가게 앞에서 차를 멈췄어요. 그리고 돈을 쥐여주며 소주와 담배를 사오라고, 가는 김에 제가 좋아하는 과자도 하나 집어 오라고 심부름을 시켰죠. 물건을 고르는 동안 아버지는 차를 몰고 떠났어요. 아버지가 어디로 사라진 것인지 알 수 없었고 늦은 밤이었고 집까지 걸어서 한시간 거리였지만…"

다행이라고 생각했다. 아버지가 날 깜빡 잊었다는 사실에 안도했다. 가능하면 이대로 아버지가 나를 영원히 기억해내지 못하길 기도했다. 기도를 마친 뒤 걸어서 한시간가량 떨어진 집을 향해 걸음을 옮겼다. 아직 근처에 머물고 있을지 모를 아버지에게 발견될까봐 가로등 빛을 피해 지그재그로 움직였다.

"그런데 저 멀리 언덕 언저리가 캠프파이어 하듯 환한 거예요. 길은 하나뿐이었고 저는 밝은 곳을 찾는 날벌레처럼 불빛을 향했죠. 그곳엔 불타오르는 포클레인과 전면이 박살 난 아버지의 지프차가 있었어요."

마이클 베이가 감독한 인디 영화가 있다면 이렇지 않을까 싶은 배경을 등지고 아버지는, 이마를 타고 흐르는 피도 닦지 않은 채 담배를 피웠다. 그때도 라이방을 쓰고 있었다. 아직 녹내장이 발견되지 않았을 시기였다. 아버지는 겁을 집어먹고 다가오는 나를 무심히 바라보더니 선글라스를 밑으로 내리고 이렇게 말했다. 차에 타고 있지 않았나? 이 대목을 짚을 때 아버지는 웃음을 터트렸지만 나는 이번에는 따라 웃지 않았다. 무면허 만취 상태였고 역주행이었다. 아버지는 그 일로도 수감됐다. 그렇다고 이때가 처음이었던 것은 또 아니었다.

곧 앰뷸런스 올 거니까 기다려라. 아버지는 언제 폭발할지 모르는 지프차 조수석에 나를 앉혔다. 박살 난 유리창 파편들을 아버지가 옷소매로 쓸어버린 뒤였다. 아버지는 내 손에 들린 비닐봉지에서 소주를 꺼내 뚜껑을 땄다. 달리는 마라토너가 물을 마시듯 술을 삼키는 아버지를 바라보며 나는 바스락거리는 과자 겉봉을 매만졌다.

"짜식아, 아버지는 절대 안 죽는다!"

"알죠. 잘 알죠."

"그런데 아들, 혹시 내가 바다에 빠진 얘기 했던가?"

"바다요?"

"제물포에서 한잔하고 집으로 돌아오는 길이었는데 잠이 와서 눈을 몇번 감았다 떴더니 앞이 새까맣더라고. 이미 차체가 바닷물에 반쯤 잠겨 있었던 거지."

"그랬군요. 거기에선 또 어떻게 살아남으셨어요?"

아버지는 눈매를 찡그리고 한참을 생각하다가 답했다.

"글쎄, 그냥 정신을 차리고 나니, 집이었다."

이날의 술자리가 새로운 국면을 맞은 것은 내가 오늘 과거의 어디까지 되짚어 얘기할 수 있을까, 아버지가 언제쯤 웃음을 멈출까 하는 이상한 오기가 아슬아슬한 지점에 가닿을 즈음 한가지 물음을 던지면서였다.

"상자 말이에요. 단면이 거칠고 손때가 많이 탄 물건이었어요. 제가 열살 남짓일 때였던가? 아들아, 여기 뭐가 들어있는지 아느냐, 하고 물으셨죠. 그러곤 대답도 듣지 않으시고 너는 모를 거야, 절대 모를 거야라고 말씀했어요. 그 모습이 이상하게 기억에 남아서 언제고 묻고 싶었어요. 도대체 그 안에 뭐가 있었던 거예요? 권총이나 대마라도 있었던 거 아니에요?"

우발적으로 꺼낸 이야기였다. 이제 와서는 그 안에 뭐가 있었는지 특별히 궁금하지 않았다. 내가 예상했던 반응이란, 그런 일을 기억한단 말이냐?라며 놀라거나, 그럴 리가 있겠느냐며 또다시 호탕하게 웃는 것 정도였다. 그런데 아버지는 갑자기 지난 일을 훑는 듯 골똘한 표정을 짓다가 자리에서 일어났다. 그리고 벽걸이 TV 밑 문갑을 뒤적거리더니 까만 비닐봉지 하나를 꺼내 왔다.

이 대목부터 나의 지난 명절이 본격적으로 엉망이 되기 시작했다. 그러나 온 가족이 평온하고 행복해야 할 명절 연휴가 악몽처럼 변모하는 것 또한 내겐 익숙한 일이었다.

내가 아직 유소년이었을 시기, 우리 가족은 설날과 추석이 되면 인천의 친할머니 댁을 찾았다. 할머니가 주문한 치킨과 피자를 내가 열심히 먹어치우는 동안 맏며느리인 어머니는 명절 음식을 준비했다. 하루 내내 전을 부치고 국을 끓이고 고기를 쪘다. 어느 날 아버지는 외출을 했다가 명절 특선 영화가 모조리 끝날 때쯤 돌아왔다. 간만에 가진 고향 친구들과의 술자리에서 매번 무엇이 그렇게 기분이 상했는지 잔뜩 약이 오른 아버지는 어머니가 부쳐둔 전을 바구니째로 내동댕이쳤다. 그리고 할머니 댁 세간을 짚이는 대로 던지고 때려 부쉈다. 할머니와 어머니가 뜯어말려도 끄떡없었다. 그는 전직 야구선수였고 제물포에서 적수가 없는 싸움꾼이었으며 고급 세단과 중장비와 대자연과 맞선 사람이었다. 두 사람은 그 소동에 휘말려 쓰러지고 뼈를 다치기도 했지만 아버지의 광증은 연유를 짐작할 수 없는 만큼 깊이도 가늠하기 어려웠다.

단편적이나마 어떤 단서라도 주어졌더라면, 이를테면 TV를 머리 위로 들어 올리며 이 씨발새끼들이 감히 나를 무시해?라는 발언이라도 있었더라면 나름대로 인과를 유추하거나 서사를 짜 맞춰볼 만도 할 텐데, 아버지는 무도인의 기합처럼 욕설을 내뱉기만 할 뿐 아무런 힌트도 던져주지 않았다. 그 움직임은 자연재해나 신이 내린 재앙처럼 보일 지경이었다.

"너희 아버지는 친구를 참 좋아해. 친구들은 그런 아버지를 아낀단다."

어머니에 의하면 아버지는 대체로 즐거운 술자리를 하고 돌아오며 딱히 기분 상할 일도 없었을 것이라고 한다. 그래서 저 인간이 왜 그러는지 짐작이 안 간다, 미친 사람이 달리 미친 사람이겠냐며 어머니는 어깨를 으쓱했다.

작살낼 물건이 모조리 사라지면 아버지는 나와 어머니를 차에 태웠다. 친할머니는 주차장 바닥에 주저앉아 오열하며 집으로 돌아가는 장남 일가를 배웅하셨다. 아버지는 스피커 볼륨을 귀청이 얼얼할 정도로 키우고 불붙은 담배를 입에 문 채 차를 몰았다. 주로 AFKN 채널을 라디오로 듣거나 오래된 팝 혹은 록 앨범을 재생했다. 못 알아들을 영어 가사를 들으며 우리 가족은 고속으로 중앙선을 갈팡질팡 침범했다. 다행히 명절 새벽의 시골길은 차가 잘 다니지 않았다. 그렇게 한시간 남짓 운전해 집으로 돌아왔다. 아버지는 생존과 귀가에 한해선 천부적인 사람이었다.

그 즈음의 갑작스럽고 위험천만한 귀갓길을 생각할 때면 바로 그 '프리 버드'가 떠오른다. 「킹스맨」에서 콜린 퍼스가 극단주의 기독교도들을 닥치는 대로 쏘고 패고 찔러 죽일 때 삽입된 경쾌한 록 뮤직 말이다. 권총을 든 젠틀맨, 죽어가는 교인들, 피 묻은 십자가와 고꾸라지는 흰머리수리의 이미지를 배경으로 정신 사납지만 끝내주게 화려한 일렉트릭 기타 연주가 폭주한다. 이것이 그 시절 내 내면의 풍경이었다.

친부에 의해 어머니를 잃고 나까지 죽을지도 모른다는 두려움에서 벗어난 것은 내가 고등학교를 졸업하기 직전, 친할머니가 돌아가시고 나서부터였다. 아버지가 뒤늦게 철이 들어 술버릇을 고쳤다는 이야기는 아니다. 떠날 곳을 잃어 떠나지 못할 따름이었다. 아버지가 특별히 명절에만 술에 취해 행패를 부리는 사람은 아니었으므로 우리 집 가전제품과 가구들은 일년 내내 위기에 처했지만 최소한 일가족을 태운 채 음주운전 하는 상황은 생기지 않았다. 그래서 친할머니가 돌아가셔서 얼마간은 다행이라 생각했다.

"특상품이다. 피우면 웃음밖에 안 나올걸?"

까만 비닐봉지 안에는 바짝 말린 찻잎 같은 것들이 한 주먹 담겨 있었다. 길가에서 흔히 발견할 수 있을 잡초를 그러모아 말린 것만 같았다. 권총일 리는 없으니 남은 답은 하나였다.

"이거 진짜예요? 냄새가 꼭 쑥 같은데요?"

"진짜고말고."

"어디서 난 물건인데요?"

"알아서 뭐 하게?"

의구심이 걷히진 않았으나 술기운이 동해 있던 나는 외경심이라 불러도 좋을 만한 기분에 사로잡혔다. 대마라니. 외국도 아니고 국내에서, 대마라니. 고소득층 자녀들 사이 혹은 어디 음험한 클럽 등지에 돌아다닐 법한 물건이 벽지에, 그것도 명절 밤 친부의 손에 의해서 등장하리라고 누가 예상이나 했을까. 나무상자 얘기를 꺼내며 권총과 대마 운운했던 것은 내 일상과 절대 교차할 리 없는 무엇이었기 때문이다. 그래서 나는 난생처음으로 아버지에게 떼를 쓰기 시작했다.

"한대만 피워볼게요. 주변 친구들은 다 해봤대요. 저 이거 안 하면 왕따 당합니다."

얼토당토않은 핑계였지만 나의 간곡한 요청이 아버지의 부성애를 자극했다.

"내 아들이 왕따를 당한다고?"

아버지는 담뱃갑을 거꾸로 들고 바닥에 내용물을 털어버렸다. 그리고 담배 한개비를 집어 알코올 과다 섭취로 떨리는 손을 진정시키며 담배 종이의 접착 부분을 뜯었다. 몇개의 담배를 망가뜨린 끝에 조악하게나마 솔기를 따라 가르는 데 성공한 아버지는 담뱃잎을 비운 종이에 대마를 채우고 세심하게 말았다. 아버지는 어쩐지 들뜬 모습이었다.

"스물한살이었지 아마. 처음으로 잡혀간 게 이거 때문이었다."

"그때가 처음이셨구나."

"서대문형무소 가본 적 있냐?"

"독립투사들이 수감됐던 곳이잖아요."

"거기 독립운동 안 해도 갇히더라."

캄캄한 지하 다방 구석에서 눈 감고도 대마를 말았다는 아버지의 시도는 번번이 실패로 돌아갔다.

"나이를 먹긴 먹었네. 눈도 침침하고 손이 마음대로 안 움직여."

제법 집중력과 섬세함을 요구하는 작업이기도 했지만 결정적인 패착은 담배 종이가 침으로 잘 붙지 않는다는 것이었다. 시무룩한 아들의 모습을 곁눈질하던 아버지는 구구절절 변명을 늘어놓았다.

"이게 원래 종이가 따로 있거든. 재질이 맞는 게 있단 말이야."

"에이포 용지는 어때요?"

아버지는 고개를 저었다.

"좀더 얇고 부드러운 게 필요하다. 이를테면…"

주변을 둘러보던 아버지의 시선이 한곳에 멈췄다. 그곳에는 성경책 한권이 놓여있었다. 독실한 크리스천인 어머니의 것이었고 친할머니의 유품이었다.

아무리 그래도 이건 아니죠. 이 말이 왜 나오지 않았나. 종교에 대한 반감도 이유였겠고 대마를 향한 호기심 때문이기도 했겠지만, 그냥 정상적인 판단이 불가능한 만취 상태였다. 해지고 제본이 벌어져 터질락 말락 하는 책 한권에 얼마나 대단한 가치가 있겠는가 싶었던 것이다. 나는 은근한 기대를 품고 아버지를 바라봤다. 아버지는 성경에서 시선을 거두지 못하고 신음했다. 그가 머뭇거리는 모습이 생소했다. 답지 않게 왜 이래? 이런 생각이 울컥 치밀었다. 나는 성경을 집어 들고 몇장을 찢어 아버지에게 건넸다.

친할머니를 교인으로 만든 것은 친할아버지였다. 할아

버지는 당시로서는 흔치 않게 고등교육을 받고 나라에서 높은 직책을 맡았다. 똑똑하고 잘난 사람이었다는 그는 겁 없이 여러 사업에 거금을 투자했고 그중 하나가 잘못돼 가세가 크게 기울었다. 그때 친할머니가 찾은 것이 교회였다. 종교는 인민의 아편이었고 그는 기도했다. 사랑이 많으시고 늘 은혜로우신 우리 주 하나님 아버지, 구원하소서.

친할머니의 기도는 그랬다. 누가, 무엇을, 어떻게 같은 구체성이 결여되어 있었다. 속히 집안 형편이 나아지길, 남편이 더는 일을 크게 벌이지 않길, 장남이 사람을 때리거나 마약을 유통하지 않길 하는 식으로는 입 밖에 내지 않는 사람이었다. 기도를 한다는 점에서 언어가 지닌 주술성을 믿는 사람이라 더 그랬는지도 모르겠다. 육성으로 발화한 순간 애써 외면하고 있던 현실의 실체를 인정해야 했을 테니까. 안타깝다면 안타깝고 비겁하다면 비겁한 그 기도의 진정성만큼은 하늘에 가닿았는지 가세는 균형을 회복했고 그 직후 친할아버지가 세상을 떠났다. 그 영향으로 아버지도 대마 딜러를 은퇴했으니 친할머니의 바람은 얼추 이뤄진 것이라 말할 수 있다.

따지고 보면 그게 문제였다. 짜릿한 기도의 맛을 본 친할머니는 힘든 일이 있을 때마다 지친 심신을 신앙의 벽에 기대 지탱했다. 세상사 힘든 일투성인지라 아버지가 수감과 출소를 일평생 반복하는 동안 할머니는 하나님과 예수의 곁을 떠나지 못했다.

"며늘아가, 예수님 믿어라. 그래야 네 신랑이 정신 차린다. 이게 다 믿음이 모자라서 일어나는 일이야."

전화를 통해서나 명절 음식을 차릴 때마다 예수 믿으라는 시어머니의 성스러운 잔소리 때문에 어머니는 긴 세월 곤욕을 치렀다. 어머니는 자신 몫의 고난을 남과 나누지 않는 사람이었다. 그는 본인에게 주어진 일은 스스로 처리하거나 버텨내야 한다고 믿었다. 그런 사람에게 신앙을 가지라는 것은 현실적인 대안이나 도움과는 거리가 먼영 엉뚱한 소리였다. 어머니에게 필요한 것은 돈이었다. 중증 알코올 중독자이자 제대로 직업을 가져본 역사가 없는 남편을 대신해 아들을 번듯이 키우기 위해 꼭 필요한 것이었다.

일하러 가세 일하러 가
삼천리강산 위해
하나님 명령 받았으니
반도 강산에 일하러 가세*

어머니는 단 한 시기도 멈추지 않고 노동했다. 그는 때가 되면 밭에 나가 농사를 지었고 — 소작이었다 — 식당에서 일했으며 가외로 다단계 업체의 알로에 화장품을 팔았다. 마을회관에서 운영위원장이라는 이름의 잡무도 맡아 컴퓨터를 배워 엑셀로 회계 업무를 처리하거나 어르신들에게 그림판과 인터넷 뉴스 기사에 댓글 다는 방법을 가르쳤다. 그리고 날씨가 추워지면 개펄에 나가 능쟁이를 잡고 굴을 땄다.

그럼에도 가난은 물러가지 않았다. 아버지가 있는 한 어림도 없었다. 동네 술집마다 어머니 몰래 외상을 달아두고 노름판을 기웃거리는 정도에서 그쳤다면 감당이 됐을 텐데 아버지는 자꾸 뭔가를 부쉈다. 가전제품이나 사람이나 자동차나 어머니의 인격 같은 것들을 말이다. 생전에 친할머니는 말했다.

"너희 아버지는 착한 사람이야."

그리고 그 말 뒤에, 술만 안 취하면,이라는 단서를 붙이

---

* 새찬송가 580장 「삼천리 반도 금수강산」(남궁억 작사, 가에타노 도니체티 작곡).

곤 했다. 여태껏 그만한 악담은 들어본 일이 없다. 술에 취하지 않은 아버지를 아버지라 부를 수나 있을까. 숙취가 극에 달한 시기에는 며칠 꼼짝없이 누워 지내긴 했지만 엄밀히 따지자면 그 상태도 취기가 완전히 달아났다고 하기는 힘들었으므로 친할머니의 말을 곧이곧대로 해석하자면 아버지가 착한 사람인 날은 단 하루도 없었다.

친할머니는 제 아들을 지나치게 긍정적으로 해석하려 드는 경향이 있었다. 그래서 아버지가 악행을 저지르는 원인을 엉뚱한 곳에서 찾았다. 그의 주장에 따르면 아버지가 이상해진 것은 고등학생 때 야구부에 가입하고부터였다. 그곳에서 질 나쁜 친구들과 어울린 탓이라는 얘기였다. 친할머니는 운동하는 사람에 대해 부당한 편견이 있었고 주장은 주장일 뿐이었지만 확실히, 그들만큼은 내 눈에도 썩 좋은 사람들로 비치지 않았다. 친할머니의 장례식장에서 마주친 아버지의 친구들은 대중매체가 악당을 묘사할 때의 조건들과 무서우리만치 부합했다. 얼굴에 칼자국이 여럿 난 사람, 상반신에 용 문신을 두르고 민소매를 입고 온 사람, 징 박은 가죽재킷차림에 껌을 씹는 사람. 그냥 무섭게 생긴 사람…

가장 인상적이었던 인물은 나도 면식이 있는 아버지의 죽마고우 원용이 아저씨였다. 한동안 안 보인다 싶더니 그는 환자복을 입고 아버지 앞에 나타났다. 대장암 말기라는데, 아무렴 인마, 내가 네 어머니는 모셔야지, 안 그러냐?라는 대사를 금방이라도 옆 빈소에 안치될 것만 같은 얼굴을 하고 읊었다. 아버지의 질 나쁜 친구들은 의리 하나는 끝내줘서 아버지가 극구 사양했음에도 운구를 돕겠다고 큰소리쳤다. 그리고 장례 첫날부터 발인하는 새벽까지 해적처럼 술을 마시며 떠들썩하게 놀았다. 과음한 그들은 결국, 미안하다 친구야 도저히 안 되겠다, 우릴 버리고 떠나라며 전쟁 영화에서 들을 법한 대사들을 외치고는 뻗어버렸다. 흥미로운 점은 아버지가 그들 앞에서는 술을 거의 마시지 않았다는 것이다. 친구들이 행패를 부릴까봐, 이를테면 조문객들에게 싸움을 걸지는 않을까 하는 걱정이 들어 자제했다고 한다. 놀라운 광경이었다. 그런데 정말로 놀라운 광경은 따로 있었다.

봉안당에 친할머니의 유골을 안치하기 직전, 할머니가 권사로 있었던 대형 교회의 목사가 나타나 의식을 진행하기 시작했다. 그 의식이란 일종의 공개 고해성사였다. 고인에게 생전에 전하지 못한 말들, 특히 미안했던 일에 관해 털어놓고 보내드리자는 것이었다. 기름진 면상의 목사가 하얗고 치렁치렁한 의복을 입고 친할머니의 유골이 담긴, 밥통같이 생긴 도자기 함을 돼지머리를 든 제임스 햇

필드처럼 옆구리에 낀 채 유족들에게 사죄를 종용했다. 와, 이거 큰일 났다, 아버지가 가만두지 않을 텐데 하는 걱정이 앞섰다. 아니나 다를까 목사의 말이 끝나기 무섭게 아버지가 그에게 날듯이 달려들었다. 그리고 그의 앞에 무릎을 꿇고 유골함에 이마를 댔다.

"엄마, 미안해!"

아버지가 내 앞에서 눈물을 흘린 것은 그때가 처음이었다. 라이방 때문에 자세히 보이진 않았지만.

한편 친할머니가 돌아가시고 아버지가 인천을 향한 귀소 본능을 고쳐먹은 것처럼 어머니 역시 그전과 달라졌다. 그즈음부터 그는 교인의 길을 걷기 시작했다.

"할 수 있는 일은 다 해본 것 같은데 세상 풀리는 거 하나 없더라. 그런데 생각해보니까 시도 안 한 게 딱 두가지 있더라고. 하나는 너희 아버지를 죽이는 거고 하나는 교회를 나가는 것이었지."

크리스천이 된 연유를 물었을 때 어머니는 이렇게 답했다. 이 말이 농담이 아닌 게 나만 하더라도 아버지를 차도나 계단에서 밀거나 소주에 그라목손을 타는 상상에 시달리곤 했다. 몇번 정도는 상상한 바를 실행할 뻔한 적도 있었다. 이것이 근래에 내가 아버지를 기피한 결정적인 이유였다. 어머니나 나나 아버지에 의해 죽을 뻔한 경험이 한두번 있는 것도 아니었으므로 나름대로 타당한 현상이었다. 신앙마저 별 달리 신통력이 없었더라면 어머니는 아버지를 진짜로 죽였을 것이다. 천만다행으로 예수는 어머니에게 내면의 평안과 약간의 부를 가져다주었다.

어머니는 당신의 동생들과 함께 칼국수 가게를 차렸다. 상호는 '벧엘칼국수'. 동네 목사의 아내인 '사모님'이 지어준 이름이었다. 매장 곳곳에 십자가와 골고다 언덕을 오르는 예수의 그림, 시작은 미약했으나 끝은 창대하리라 같은 성경 말씀 따위가 붙었다. 시골의 종교 네트워크가 지닌 파급력이란 무시할 게 못 됐다. 동네 신도는 물론이고 같은 교파의 다른 지역 사람들까지 찾아왔다. 그들이 홍보를 돕기도 했다. 믿음과 맛이 깊은 칼국수집이 있다고 하던데요? 종종 버스를 대절해서 찾아오는 사람들도 있었다. 친할머니의 지인이었던 교인들이었다. 친할머니는 대형 교회의 인망 두터운 권사였고 어머니는 그 사실을 간과하지 않았다.

그렇다고 어머니가 오로지 돈 때문에 교인이 된 것은 아니었다. 아버지가 무면허 만취 역주행으로 아우디를 들이받았을 때 어머니는 새벽기도에 열의를 올렸다. 치미는 분노 때문에 잠도 잘 오지 않았을 것이고 교도소에 있던 아버지를 당장 암살할 수 없기 때문이기도 했겠지만, 당시 어머니의 얼굴은 모든 걸 내려놓은 것처럼 보였다. 승천할 기세였다고 해야 할까. 육수를 우리고 면을 삶고 설거지를 하는 어머니의 뒷모습에 종종 성화에서나 볼 법한 불가해한 빛무리가 둘려 있곤 했다.

"결정적으로 말이야."

내가 매장 구석에 앉아 까맣게 타서 내놓지 못하는 해물파전을 집어 먹고 있을 때 곁에서 성경을 읽던 어머니가 불쑥 말을 꺼냈다.

"뭔가가 바뀔 수도 있겠다고 생각했어. 네 아버지가 목사 앞에서 무릎을 꿇고 우는 모습을 보고 말이야."

그때 어머니가 읽던 성경이 나와 아버지가 대마를 말아 피운 그 성경이었다.

"이거 아무리 생각해도 쑥 같은데요."

"가만히 있어봐. 특상품이라 느낌이 늦게 찾아오나보다."

각자 한대씩 쑥일지도 모를 대마를 피운 우리는 별다른 감흥을 느끼지 못했다. 아버지는 대마를 한대씩 더 말기 시작했다. 성경 말씀에 침을 바르다 말고 아버지가, 너가 자꾸 옛날 얘기를 꺼내서 말인데, 하고 화두를 던졌다. 그때 왜 안 울었냐? 나는, 무슨 말씀이신지,라며 말끝을 흐렸지만 아버지의 말뜻을 알아챘다. 아버지는 친할머니의 장례식을, 목사 앞에 무릎 꿇고 고인에게 죄를 고백했던 그 의식에 관해 물은 것이었다.

"온 가족이 서로 붙들고 울고 있는데 너만 멀쩡하지 않았냐. 네 말마따나, 그 모습이 이상하게 기억에 남아서 언제고 묻고 싶었다."

조금만 생각해도 답이 보이는 이상한 질문이었다. 눈물은 좋든 슬프든 감정이 복받칠 때 흐른다. 그러니까 눈물을 흘리지 않은 이유는 좋지도 슬프지도 않았기 때문이다. 아버지에게 이런 속내를 털어놓을 수는 없었다. 그때의 어정쩡한 기분을 이해시키려면 더 많은 얘기를 꺼내야 하고 아버지는 그 안에 담긴 속뜻과 마음을 헤아릴 수 없는 사람이었으니까. 어머니와 달리 나는 아버지가 바뀔 수 있을 거라 믿지 않았다. 그래서 아버지, 언제 적 얘길 하고 그러세요, 하고 말았다. 아버지는 대꾸하지 않았고 술자리가 시작된 후 처음으로 대화가 끊겼다.

아버지는 작업을 멈추고 나를 물끄러미 바라봤다.

세상에서 가장 따뜻한 시선은
부모가 자식을 바라볼 때의 눈입니다.

어릴 적 TV에서 봤던 한 공익광고 캠페인의 문구가 떠올랐다. 이 말이 기억에 오래도록 머물러 있는 이유는 반발이 드는 동시에 동의할 수밖에 없게 만드는 이상한 선언이었기 때문이다. 나는 그 눈을 잘 알았다. 선글라스 너머로 나를 바라보는 아버지의 눈동자에는 자식을 너무도 사랑하는 이의 끈적임이 묻어 있었다. 마치 가래 같은 점액질의 기운이 내 피부에 달라붙고 흐르는 듯한 그 불쾌함을 어떻게 표현해야 좋을까.

"아들, 사랑하는 거 알지?"

"알죠. 잘 알죠."

모른다고 할 수 없었다. 정말 알 것 같았으니까. 이상한 얘기였다. 자식이라는 이유만으로 사랑할 수 있다니. 나는 내 아버지를 아버지라는 이유로 증오했다. 지금이라면 말해도 좋지 않을까. 오늘 술자리를 시작했을 때부터 끄집어내고 싶었던 본심을, 기억을 더듬고 시간을 장황하게 역행해도 서두조차 꺼내지 못한 이 이야기를 털어놓아도 좋을까.

기억하세요? 아버지, 제가 초등학교 저학년일 때 아버지는 종종 무릎을 꿇리고 물었죠. '엄마'가 좋은지 '아빠'

가 좋은지 말이에요. 저는 곁에 있던 엄마 눈치를 살폈고 어머니는 시선을 피했어요. 그래서 저는 늘 아빠를 택했죠. 거짓말이라며 아버지는 불이 붙은 담배를 제게 던졌어요. 뜨겁다기보다는 아팠죠. 그렇게 몇시간씩 같은 질문에 아빠, 아빠, 아빠,라고 답했어요.

그러다 딱 한번, 엄마랑 살래 아빠랑 살래,라는 질문에는 엄마라고 답했어요. 도저히 그 질문에는 거짓을 말할 수 없었거든요. 가정이라 하더라도 너무 끔찍한 질문이었으니까. 답을 들은 아버지는 다정하게 저를 안아주었죠. 그때 처음 아버지 품이 따뜻하단 걸 알았어요. 위로받는 기분이었죠. 아버지는 저를 번쩍 들어 올렸어요. 갓난아기를 안아 드는 것처럼. 키가 크고 팔뚝이 굵은 나의 아버지. 외야를 맡아 야구장 끝에서 홈까지 한번에 송구를 했다는 단단한 어깨. 당신은 그대로 저를 창문 밖으로 던지려고 했어요. 어머니가 서둘러 가로막지 않았더라면 저는 유리창을 뚫고 뒤뜰을 굴렀겠죠. 그렇게 되었더라도 단층이었으니까 죽진 않았겠지만, 전 알아요. 그때 아버지는 진심으로 제가 죽길 원했어요. 기억하세요? 기억은 납니까?

물어볼까. 지금이라면 괜찮지 않나. 거듭된 교통사고로 어깨에 인공관절을 삽입한 초로의 남자가 장성한 아들을 집어던질 수는 없을 테니까. 오히려 내 쪽에서 내던질 수도 있지 않을까. 그래도 되지 않나. 이미지가 떠올랐다. 아버지의 양발을 붙잡고 프로레슬링 선수처럼 빙빙 돌리다 창문 밖으로 내던지는.

아버지가 두번째 대마를 내밀었다. 다정한 눈매였다. 나는 잠자코 그것을 물고 불을 붙였다. 우리는 연기를 들이켜고 뿜었다. 그 어떤 특별한 감각도 찾아들지 않았다. 탁하고 역한 건초 타는 냄새가 거실을 메우고 코를 자극했다. 술기운까지 싹 가신 것만 같았다. 쑥이다. 이건 무조건 쑥이다. 그렇게 확신하고 있을 때 아버지가 담배를 하나 집었다. 그 모습을 지켜보다 무심코 나도 호주머니에서 담뱃갑을 꺼냈다.

"담배 피우냐?"

아버지가 나를 물끄러미 바라봤다. 뒤늦게 내가 흡연자라는 사실을 아버지에게 숨기고 살았단 사실을 떠올렸다. 아버지는 다른 것은 다 용서해도 문신과 흡연만큼은 허락하지 않는다고 버릇처럼 말했으니까. 딱히 이 문제 외에도 아버지가 뭔가를 용서하는 모습은 본 적이 없지만 기왕 들킨 김에 덤덤하게 네, 뭐, 하고 라이터를 켰다. 그러자 아버지가 손에 들고 있던 불붙은 담배를 내게 던졌다. 뜨겁지 않고 아팠다.

"이 쌍놈의 새끼가 어디 아버지 앞에서!"

아버지의 급작스러운 분노에 담배와 라이터를 내려놓았다. 틀린 말은 아니었다. 아버지와 아들 간에 마주 보고 대마는 할 수 있어도 담배는 안 되지. 지당한 말씀이었다. 그런데,

"사람이 역시 잘 안 바뀌어요."

"뭐가 인마."

"예전부터 그랬잖아요. 담배든 재떨이든 사람이든 던지는 거, 좋아하셨죠. 그래서 엄마도 아파트 창문으로 떨어트리려고 했잖아요."

7층에서 씨발새끼야.

"너 아니었으면 어쩔 뻔했냐."

외할머니는 종종 내게 이런 말을 건넸다. 돌아가신 친할머니가 아니라 여태 정정하신, 어머니의 어머니 말이다. 그는 당신의 남편이 고인이 되고 나서도 농사를 지을 수 있는 것은 내 덕이라며 고마움을 표했다. 그도 그럴 게 20리터 용량 수동분무기를 등에 지고 농약을 뿌리거나 용달차로 작물을 실어 나르는 일은 주로 남자 몫이었기 때문이다. 한량인 아버지는 경운기 운전법도 몰랐으므로 밭에서 이른바 '남자가 해야 할 일'은 중학교 때부터 오롯이

내가 도맡았다. 내가 타지에서 대학을 다니고 직장을 잡은 탓에 예전만큼 일손을 거들 수 없게 된 뒤로 그나마 소유하던 밭을 하나씩 처분하고 축소했지만 외할머니는 아직도 농사를 지었다. 허리가 말 그대로 호미처럼 굽었음에도 말이다. 그는 지금도 출가외인인 장녀의 아들에게 고맙다고 하면서도 꼭 미안하다는 말을 덧붙였다. 내가 아직 어머니 배 속에 있을 때, 외할머니는 어머니에게 임신중단을 강권했다. 외할머니의 사정도 이해 못할 바는 아니었다. 더 늦기 전에 당신의 딸을 구하고 싶었을 것이다.

"정말로 어쩔 뻔했냐."

부모님은 인천의 오래된 주공 아파트에 신혼살림을 꾸렸다. 그들은 처음부터 불행했다. 어머니는 아버지 때문에 불행했고 아버지는 자신이 불행한 이유를 찾지 못해서 불행했다. 그래서 그들은 싸웠다. 동등한 조건이 아닌 승세가 일방적인 싸움을 두고 싸움이라고 말해선 안 되겠지만. 하루는 아버지가 어머니를 거꾸로 들고 아파트 베란다에 섰다. 그는 어쩌면 어머니와 함께 죽으려고 했을지도 모른다. 외로움에 취약한 사람이니까. 그러거나 말거나 죽으려면 혼자 죽을 것이지.

우여곡절 끝에 목숨을 건진 어머니는 그대로 도망을 쳐 고향으로 돌아왔다. 어머니는 이혼을 준비했지만 그

시도는 실패로 끝났다. 아버지가 찾아와 눈물을 흘리며 무릎을 꿇고 빌었기 때문이 아니었다. 나 때문이었다. 어머니의 배 속에 내가 있었다. 방바닥에 바짝 엎드려 애처롭게 비는 아버지의 빽빽한 정수리를 어머니는 당신의 배를 매만지며 무감하게 바라보았다. 그때 어머니는 내가 발길질하는 것을 느꼈고 그 순간 결단을 내렸다. 아무리 그래도 아버지 없는 자식은 안 되겠지. 내 자식이 그런 소리를 듣고 커선 안 되겠지.

두 사람이 재결합하고 내가 태어난 직후까지 나름대로 평안했다고 한다. 아버지는 장인 장모를 따라다니며 농사를 거들고 술도 자제했다. 그러나 내가 태어나고 얼마 지나지 않아 아버지는 다시 음주와 폭력에 손을 댔다.

눈을 감고 담담히 때를 기다렸다. 주먹질이나 발길질도 없었고 재떨이도 날아들지 않았다. 이상한 기척이 들어 눈을 떠보니 아버지가 바닥에 드러누워 있었다. 그는 배를 잡고 웃고 있었다. 그야말로 포복절도였다. 인생 최고의 농담이라도 들은 사람처럼 발을 굴렀다. 웃음소리 대신 구멍 뚫린 폐에서 바람 빠지는 듯한 소리를 냈다. 그리고 그런 아버지를 어머니가 내려다보고 있었다.

류머티즘으로 퉁퉁 부은 손마디를 매만지며 믿을 수

없다는 얼굴을 하고 그곳에 서 있었다. 그가 쓰러져 발광하는 남편과 뜯어진 성경책을 번갈아 보았다. 아버지는 어머니 곁으로 기어가 그의 발목을 붙잡았다. 선글라스가 바닥에 떨어졌다. 아버지는 눈물을 흘렸다.

"여보, 미안해!"

아버지는 뿜어져 나오는 웃음을 누르며 말했다. 그 모습이 우스워서 나도 그만 웃음이 터지고 말았다. 배를 잡고 해충처럼 버둥거리면서 웃어버렸다. 어머니는 그런 우리를 오래도록 지켜봤다. 그리고 냉장고에서 물통을 꺼내 잔에 물을 따라 마신 뒤 방으로 돌아갔다. 문 잠그는 소리가 들렸다.

아버지는 그대로 거실에 쓰러져 숨을 몰아쉬었다. 웃음이 멎었다. 그때를 기점으로 내 의식은 육신의 헤게모니를 대거 잃었다. 나의 몸이 그저 나와 같은 얼굴을 한 깡통 로봇처럼 여겨졌다. 그리고 '진짜 나'는 소인이 되어 골통 속에 숨겨진 조종석에 앉아 필사적으로 빽빽한 핸들을 돌리고 녹슨 스틱을 움직였다. 말하자면 제정신이 아니었다. 갑자기 겁이 났다. 모든 게 잘못된 것 같고 감당하지 못할 죄를 저지른 기분이었다. 오래된 무성 영화 중간에 삽입된 자막처럼 머릿속에 문장들이 떠올랐다. 태어나기도 전에 지은 죄는 어떻게 씻지? 어쩌면 태어나고 싶어서 죄를 짓는지도 몰라. 죄인이 되려고 태어나는 거지. 죽으면 성인이 되는 거고. 자, 이제 가자. 떠날 곳이 있으니 떠나야지. 나는 바닥에 놓인 아버지의 차 키를 챙기고 비척거리며 밖으로 나섰다.

명절의 이른 새벽 시골길에는 차가 잘 다니지 않는다는 사실을 어릴 적부터 잘 알고 있었다. 나는 중앙선을 아슬아슬하게 침범하며 차를 몰았다. 예전과 달리 가로등의 수가 늘었고 나트륨등이 아닌 LED로 모조리 교체돼 있었다. 밤길이 너무 밝고 하얘서 어두운 곳을 골라 달릴 수가 없었다. 그간 무수한 덤프트럭과 굴삭기들이 오가며 나의 고향은 몰라보게 변해 있었다. 그 사실이 나를 더 겁먹게 했다.

스피커에서 올드 록이 흘러나왔다. 다시 머릿속으로 문장이 타이핑됐다. 음악 좋아하는 사람 치고 나쁜 사람 없다. 왜냐면 음악은 정신을 맑게 만들거든. 아버지의 지론이었다. 그 말대로 정신을 맑게 하려고 찾는 것이 음악이라면 음악 듣기에 열중인 사람은 본래 제정신이 아니란 말일까. 제정신이 아닌 사람은 나쁜 사람이고. 그래서 음악을 듣다보니 어쩐지 조금은 착해진 기분이 들었다. 친할머니 말이 옳았다. 아버지는 착한 사람이다.

바다 위를 길게 가로지르는 다리에 다다랐다. 풍경과

진로가 바뀌지 않는 다리 위를 지루하게 달리다 불쑥 잠이 오기 시작했다. 침침해진 눈을 몇번 감았다 떴더니 앞이 별안간 새까맸다. 바다에 빠진 건가 했더니 그건 아니고 고개를 숙인 채 아주 잠깐 졸았을 뿐이었다. 나는 자세를 바로 하고 정면을 살폈다. 다행이야. 하마터면 혼자 죽을 뻔했네. 다시 가자. 인천으로.

삼십여년 전, 중앙선을 침범한 경차 한대가 원용이 아저씨의 '각그랜저'를 들이받았다. 가벼운 접촉사고였지만 마음먹고 뽑은 고가의 신차였던지라 그의 분노는 이루 말하기 힘들었다. 사고를 낸 운전자는 그보다 어린 여성이었다.

"지금 사업차 바쁜 길을 가고 있으니 배상에 관한 이야기는 나중에 합시다."

그들은 연락처를 교환했고 머지않아 원용이 아저씨는 그녀와 약속을 잡았다. 두 사람은 제물포의 한 다방에서 만나기로 했다.

약속 당일, 다급한 용무가 생긴 그녀는 대리자로 자신의 친구를 약속 장소에 내보냈다. 부평 상가의 한 꽃집에서 일하는, 체격이 왜소하고 천진한 눈을 가진 여성이었다. 그녀는 약속 시간보다 일찍 나가 상대를 기다렸다. 정해진 때가 되었지만 아무도 눈앞에 나타나지 않았다. 여성은 사고를 낸 당사자인 친구에게 전화를 걸어 어떻게 된 일인지 물었고 그 친구는 원용이 아저씨에게 연락을 취했다. 그는 사업과 관련된 예기치 못한 사정이 생겨 약속 장소에 나갈 수 없다, 대신 친구를 보냈으니 기다려 달라고 말했다.

사고 당사자들은 부재하고 대리인만 참석하기로 한 이상한 자리에서 그녀는 한시간 이상 더 머물렀다. 그런 사람이 있다. 별 까닭 없이 성실하고 선한. 그녀가 그랬다. 시간을 헛되게 보내고 있어도 화가 치밀지 않았고 다만 모든 일이 원만히 해결되길 바랐다. 그래서 별 까닭 없이 태만하고 악한 사람도 존재할 수 있는지 모른다. 누군가의 인생에 한둘쯤은 존재하며 평생에 걸쳐 마주할 수밖에 없는, 한 사람의 인생을 말아먹기 위해 인과 밖에서 탄생한 천부적인 악당 말이다.

드디어 상대편 대리인이 나타났다. 청바지 안에 셔츠를 집어넣어 입은 그는 덩치가 크고 턱선이 날렵한 미남이었다. 장난스러운 미소를 지으며 그가 그녀에게 다가왔다. 그녀는 어쩐지 위축되었지만 남자의 속내는 달랐다. 그는 그녀에게 첫눈에 반했다. 실제로 그후 그는 그녀가 일하는 꽃집에 매일 찾아간다. 늘 붉은 장미를 사서 그녀에게 선물한다. 두 사람은 얼마 지나지 않아 결혼을 하고 한 오래된 주공 아파트에 신혼살림을 장만한다. 운명적인 러브 스토리 혹은 내가 태어나기 위해 억지로 짜 맞춘 허구처럼.

미소를 짓는 그가 첫인사를 나누려 그녀에게 다가간 순간, 통유리 창문을 산산이 깨뜨리며 차량 한대가 다방 안으로 밀고 들어온다. 비극의 원인을 제거하려고, 자신이 태어나지 않기 위해 꼬박 한시간을 비틀거리며 미래의 아들이 몰고 달려온 차였다. 아들은 액셀을 더 세게 밟고 핸들을 꺾어 그에게 달려든다. 그는 범퍼 측면에 들이받히고 와이어를 단 스턴트맨처럼 비현실적인 움직임으로 날아가 벽에 부딪힌 뒤 바닥에 쓰러진다. 양 어깨가 으스러지고 머리에서 피가 흘러내린다. 운전자석이 열리자 차안에서 노랫말이 흘러나온다.

Lord, I can't change
won't you fly
free bird

그는 잘 움직이지 않는 고개를 틀어 운전자를 올려다 본다. 가까이 다가온 운전자의 손에 나무상자가 들려있다. 단면이 거칠고 손때가 많이 탄 물건이다.

"멀쩡히 살아 있군요. 넌 오늘 뒈졌어."

아들은 상자를 열어 그 안에서 장미 대신 잘 말린 대마 잎에 싸여 있던 권총을 꺼내 든다. 총구를 아버지에게 겨누고 방아쇠를 당긴다. 찰칵. 격발되지 않는다.

"이럴 줄 알았지. 그거 알아요? 한번도 아버지를 죽이는 데 성공한 적이 없어요. 이미지가 성립되질 않거든요. 아버지는 왜 안 죽죠. 어떻게 해야 합니까."

운전자는 자신의 머리에 총구를 댄다. 찰칵, 탕. 격발된 탄환이 머리를 꿰뚫고 아들이 쓰러진다.

"이런 건 쉬운데 말이지."

자동차가 폭발하고 주변이 화염에 뒤덮인다. 비명이 메뚜기떼처럼 허공을 날고 누군가의 울음소리가 안개처럼 땅 위로 드리운다. 가난한 자들이 연출한 블록버스터 같은 비주얼을 배경으로 멀리서 무신론자가 부르는 찬송가가 들린다. 바닥에 드러누운 아들과 아버지는 낄낄거리며 웃었다.

그리고 나는 눈을 떴다. 정신을 차리고 나니 집이었다.

악당에
관하여

A와 접선하기로 한 장소는 서울 근교 24시간 순댓국밥 집이었다. 약속한 시각으로부터 한시간이 지나도록 그는 나타나지 않았다. 그사이 밖에서는 비가 내리기 시작했다. 야근이 길어지고 있다는 짧은 문자를 뒤늦게 확인한 뒤 늦은 저녁 식사를 주문했다. 갓 내온 국물에 공깃밥을 엎고 뒤적거리는데 불쑥 그런 생각이 들었다.

내 처지와 다를 바가 없네. 완전히 말아먹게 생겼어.

존경하는 A 선생님께.

안녕하십니까 선생님. 갑작스럽게 메일을 보내게 되어 몹시 송구스럽습니다.

저는 3년 전 XX일보 신춘문예를 통해 등단한 소설가 D입니다.

언젠가 사석에서 인사를 드린 적이 있습니다만 기억하실

지 모르겠네요.

다름이 아니라 선생님,

선생님께서는 혹시 텔로미어에 관해 들어보신 적이 있습니까?

텔로미어는 염색체 끝부분을 가리키는 단어라고 합니다.

염색체는 세포가 분열할 때 형성되는 막대형 구조물이며 세포 분열은 그러니까…

세포가 분열함을 의미하겠죠.

요는 이렇습니다.

우리 몸속에서 세포가 분열할 때마다 텔로미어의 길이가 짧아진다고 합니다.

짧아지고 짧아지다 못해 쪼개질 데까지 쪼개지고 난 텔로미어는 완전히 사라져버리고 세포는 분열을 멈추거나 죽어버리는 것이죠.

이것이 현재까지 밝혀진 노화와 죽음의 전말입니다.

이론상으로 텔로미어를 길게 타고난 사람은 수명 역시 길고 아닌 사람은 짧다는 말입니다.

선생님, 요즘 저는 이른바 창작욕이나 창의성이라 불리는 것들 역시 어쩌면 어떤 세포에서 비롯하는 것은 아닐까 하는 생각에서 벗어나질 못하고 있습니다.

그리고 저는 날 적부터 막대가 아니라 터무니없이 짤막한 토막 모양의 텔로미어를 타고나버린 듯합니다.

저의 토막은 고된 습작기를 버텨내어주고는 임무를 다해 버린 것이 아닐까요.

선생님,
살려주십시오.

A에게 보낸 메일에는 워드 파일 하나가 첨부돼 있었다. 파일명은 '내 인생의 악당들에 관하여'. 등단 이전에 완성한 나의 가장 사랑스럽고 졸렬한 태작이었다. 소문이 사실이라면 A에게 도움을 받기 위해서는 이런 작품이 필요했다. 도저히 손을 쓸 수도 눈 뜨고 봐줄 수도 없을 지경에 이른 주제에 작가의 애정만큼은 뚝뚝 묻어나는 개떡 같은 소설 말이다. 그런 맥락에서 오늘 A와 약속을 잡을 수 있었던 것은 순전히 작품의 훌륭한 성취 덕이었다고 말할 수 있다.

식사를 마친 뒤 수육과 소주를 주문했다. A는 과연 신뢰할 만한 인물일까. 허무맹랑한 도시전설에 속아 넘어가 버리고 만 것은 아닐까. 용한 점쟁이에게 신점을 보러 온 가톨릭 사제라도 된 기분이었다. A는 비교적 젊은 축에 속하는 소설가들의 술자리에서 결코 빠지지 않는 마른안

줄거리였다. 그는 처참하게 망한 소설을 명작으로 탈바꿈시켜준다는 전설로 유명한 편집자였다. 최근 문단에서 화제가 되는 단편소설들은 모조리 그의 손을 거쳤다는 소문이 떠돌았다. 워낙 외골수인 탓에 자신이 속한 출판사는 물론이고 작업을 함께한 작가와도 타협을 보지 않아서 입방아에 오르는 인물이기도 했다. 살벌한 부침 끝에 일을 그만두고 어디 산이나 절로 들어갔다고도 하고 신생 독립출판사로 적을 옮겼다는 이야기도 들렸다. 알음알음 A의 이메일 주소를 알아낸 나는 취기를 빌려 그에게 도움을 요청했다. 잘한 짓일까? 올바른 판단을 내릴 명석함도 끝끝내 내어주어서는 안 될 자존심 비슷한 것도 남아 있지 않았다. 촉박하다. 마감은 미룰 대로 미뤘고 대안은 없다. 신작을 쓸 수 없다면 완성해둔 작품을 고칠 수밖에.

등단한 뒤부터 신작을 완성할 수 없었다. A에게 보낸 메일의 내용은 거짓이 아니었다. 모든 열정과 재능이 갑작스레 동이 나버린 듯했다. 소설 원고를 의뢰받으면 막상 일이 닥치면 만사가 능히 풀리리라 믿었다. 그래서 그간 문인들끼리 모이는 자리나 각종 시상식 뒤풀이에 참석해서 코가 비뚤어지다 못해 360도로 돌아 원상태로 돌아올 지경으로 술이나 퍼마셨다. 그렇게 3년이 지나고 한 문예지에서 첫 원고를 청탁받았다. 통설에 의하면 단편소설로 등단한 소설가는 바로 그다음 발표하는 작품에 문운이 걸려 있다고들 한다. 미신 같은 게 아니라 실제로 신인 작가의 역량을 가늠하는 중요한 지표였던 것이다. 문단의 주목을 받을 수 있는가 그렇지 않은가 여부가 이번에 정해진다고 해도 과언이 아니었다. 이제까지 글을 써온 세월과 앞으로 다가올 작가로서의 삶이 모조리 걸렸다. 그러니까 무슨 수를 쓰든 그럴싸한 작품을 발표해내야만 했다.

"암세포는 분열을 마쳐도 텔로미어가 줄지 않는다는 사실을 아십니까?"

소주를 한병 비울 때쯤에 나타난 A가 건넨 첫마디였다.

"텔로미어의 모양을 두고 막대나 토막이라고 잘라 말하기도 어렵습니다. 그리고 쪼개지는 것이 아니라 닳는 것에 가깝죠."

야근을 하고 왔다는 그의 옷차림새는 어째선지 아웃도어였다. 아우터에 달린 후드를 뒤로 젖히자 빗물에 젖은 장발이 어깨로 흘러내렸다. 악수를 한 뒤 A는 내 맞은편에 앉았다. 그는 수육을 한점 집어먹고 점원이 내온 잔에 소주를 따라 마셨다.

"작품은 잘 읽었습니다. 근래 보기 드문 작풍이더군요. 순진한 위악 같은 것을 느꼈습니다."

비아냥인지 감탄인지는 모호했지만 그 한마디로 그가 내 작품을 제대로 이해하고 있다는 느낌을 받았다. 누군가에게 소설을 내보인 일도 하물며 평가를 직접 들은 것도 간만이라 이상한 기분이었다. 간질간질하면서도 어쩐지 예민해졌다.

이번에는 내 삶의 악당들에 관해 쓰기로 마음먹었다. 물론 가장 악랄한 것은, 아버지였다.

「내 인생의 악당들에 관하여」의 화자는 유년시절부터 청소년기까지 만난 세명의 악당들에 관해 차례로 진술한다. 따돌림, 학교폭력, 청소년 비행에 관한 뻔한 서사. 종내에는 피하고 피하다 끝끝내 언급하지 않을 수 없는 진짜 악당, 자신의 아버지에 대해 토로하고 마는 것이 작품의 골자다. 알코올 중독인 아버지의 폭력에 시달린 화자는 내면에 증오를 품고 그 부피를 키운다. 그러나 아버지가 병에 걸려 죽자 표적을 잃고 혼란에 빠진다. 소설은 화자가 아버지의 전철을 그대로 밟는 듯한 성장을 암시하며 끝이 난다. 내 습작 중에서는 드물게 가족과 성장을 소재로 삼았다. 과몰입을 한 탓에 자기객관화에 실패해버린 단편소설인데 동료들 사이에서 악평을 들었음에도 자꾸 눈에 밟히고 손에서 잘 놓이지 않아 몇번이나 수정하려다 실패한 애물단지였다. 굳이 이 작품을 A에게 선보인 이유는 물론 그의 구미를 당길 만큼 실패한 작품이었기 때문이지만 한편으로는 신작을 써내지 못하는 이유와 모종의 관계가 있지 않을까 하는 의구심도 한몫했다. 인과를 설명하긴 힘들어도 창작적 정체의 근원을 되짚어나가다보면 늘 이 작품이 마음에 걸리곤 했다.

"남성성 서사의 전형이라고 볼 수 있겠군요. 남성의 권위의식을 비난하는 척하면서 도리어 강조하고 마는 그런. 악당이라 이름 붙은 이들은 모두 이른바 수컷으로서 화자의 자격을 위협하고 박탈하려고 하죠. 하지만 아버지를 제외한 악당들의 등장은 에피소드의 나열로 소모될 뿐입니다. 구성이 지나치게 규칙적이라 이야기가 단순해진 것입니다. 악당을 하나하나 클리어할 때마다 순차적으로 한 걸음씩 나아가는 성장 방식은 너무 익숙합니다. 반면 결말부, 가장 막강한 악인인 아버지를 대하는 태도에 있어서 주인공은 어떠한 진전도 보이지 못하고 소설의 도입과 정확히 같은 상태에 머무릅니다. 성장이 인물의 정서가 이곳에서 저곳으로 이동하는 행위라고 할 때, 결과적으로 이 작품은 성장과 무관한 성장소설이 돼버렸습니다."

A가 장황하게 분석을 늘어놓기 시작했다. 서사의 구조

적인 문제부터 시작해서 인물의 정서, 주제의식을 헤집는
그의 견해는 매서웠다. 나도 잊고 있었던 연출점까지 짚
어버리는 바람에 취기가 달아났다. 명창을 앞에 둔 얼뜨
기 고수처럼 간간이 추임새를 넣듯 맞는 말씀입니다, 제
가 부족했습니다, 엇박자로 맞장구를 치며 고개를 주억거
릴 따름이었다.

"가장 큰 패착은 화자가 아버지를 신이라고 생각하고
있다는 점입니다."

"예?"

별안간 내가 눈을 동그랗게 뜨고 반문하자 A의 말이 처
음으로 뚝 끊겼다. 당황한 사람처럼 그의 눈동자가 흔들
렸다. 정작 당황해야 할 사람은 나였다. 무슨 엉뚱한 소리
지? A는 언제 그랬냐는 듯 침착하게 말을 이었다.

"소설 속 화자의 표면적인 태도와 하부적인 감정이 심
각하게 어긋나고 있다는 말씀을 드린 겁니다. 보십시오.
아버지에 관한 기억은 대체로 그런 것이다. 무릎을 꿇은 채
울고 있는 나, 아버지의 손끝에 걸린 채 타들어가는 담배…
좀처럼 아버지 생각에서 벗어나기가 힘들다. 날더러 다리 밑
에서 주워 왔다며 골리거나 엄마가 좋은지 아빠가 좋은지 묻
던 숱한 밤들과 만화영화를 틀어놓은 TV를 야구 중계방송
으로 바꿔버린 일들 같은. 기억이 범람한다. 괴로워도 슬퍼

도 *거슬러 올라가보자*. 자, 화자는 아버지를 마주하는 대부분의 경우 눈물을 흘립니다. 그 이유에 관해 명시돼 있지는 않습니다만 맥락상 가정폭력의 뉘앙스가 짙습니다. 하지만 부모에게 상처 입은 사람의 태도라고 하기에는 어딘지 석연치 않습니다. 공포나 증오, 그렇다고 애증이라고 하기에도 이상한… 강한 척 위악을 부리는 화자는 실은 아버지 앞에 언제든 무릎을 꿇고 눈물을 철철 흘릴 것 같은 미숙한 상태라는 얘깁니다. 하지만 그 사실을 화자는, 아니 어쩌면 작가 본인조차 자각하지 못하고 있는 것처럼 보입니다."

A와 대화를 시작한 이후 처음으로 고개를 끄덕이지 않았다.

"무슨 말씀을 하시는지 알겠습니다만 자각이 없었다기보다는… 나름대로 함의를 심은 지점은 있습니다. 가령 이 문단을 예로 들자면…"

"의도적으로 연출했다는 말씀이시군요. 하지만 유효하지 않습니다. 숨기고 싶은 것인지 드러내고 싶은 것인지 모호합니다. 이래서야 꼭 소설로 어리광을 부리는 모습으로 비치진 않을까 염려되는 게 솔직한 생각입니다."

A가 다음에 무슨 말을 할지 예상됐다.

"이 작품은 포기해야 합니다."

그 말을 끝으로 나와 A 사이에 한동안 말 대신 술잔이 오갔다. 빗발이 약해지고 있는 모양이었으나 매장에 새로운 손님은 없었다. 두번째 술병이 점차 비워졌다. A가 소주를 한병 더 주문하자 입에서 시한부 판정을 받은 환자가 할 법한 대사가 튀어나왔다.

"선생님, 어떻게 방도가 없겠습니까?"

A는 드라마나 영화에 등장하는 의사처럼 침통한 얼굴을 하고 고개를 가로젓지는 않았다. 다만 비어 있는 두잔에 잠자코 술을 채웠다. 결론을 이렇게 낼 것이라면 애초에 답장이라도 하지 말든가. 사람 가지고 노는 것도 아니고. 뭐? 전설의 편집자? 억하심정이 치밀었다. 한편으로는 이것이 A가 하나의 작품과 한 사람의 작가를 대하는 최선의 태도일 것이라 짐작했다. 그리고 바로 그 태도가 심기를 거슬렀다. 마치 나보다 이 작품에 대해, 나에 대해 잘 알고 있다고 생각하는 듯한 오만함. 불쑥 쏘아붙이고 싶었다. 이 소설은 그런 게 아니야. 당신은 오독했어.

"먼 길 오셔서 기다리기까지 했는데, 미안합니다 작가님."

A는 진심으로 미안해하는 눈치였다. 서늘한 얼굴을 하고 이 소설은 이러저러하고 그래서 안 된다고 늘어놓을 때와는 딴판이었다. 소문에 따르면 냉혈한 혹은 호전적인

고집불통일 것 같은 인물이었다. 그러나 할 말을 모두 마친 A는 나를 어려워하는 기색이었다. 애초에 편집자와 작가의 관계라는 것이 마냥 편할 수야 없는 노릇이겠지만 단지 그 이유뿐만이 아니라는 사실은 어렴풋이 알 것 같았다. 그는 내가 걱정스러웠던 것이다. 타고난 성정인지 편집자로서의 모럴인지는 모르겠으나 그 의뭉스러운 다정함 덕에 내가 이 자리에서 A를 만나고 있는 것일 테지. 치욕이었다. 스스로 깨닫지 못한 치부를 생판 남에게 지적당하는 수준을 지나서 동정받는다는 것. 더군다나 그 지적이 당최 납득되지 않을 때 택할 수 있는 행동의 가짓수는 적다. 어색하게 굳은 얼굴로 구구절절 변명을 늘어놓느라 진땀을 빼거나 혹은 소리를 빽 지르거나.

그러나 나도 A가, 내 소설을 읽어준 편집자가 어려웠다. 시베리아 한복판에서 개썰매를 타고 나타난 이누이트 족과 벌거벗은 채 대면하고 있는 듯한 기분이었다.

"아닙니다. 좋은 가르침을 받았는걸요. 어떻게, 옮기신 회사는 괜찮으신가요."

"조금 외진 곳이라는 점을 제외하곤 좋습니다."

진흙이 묻은 트래킹화를 내려다보는 A의 얼굴은 피로해 보였다.

네번째 소주를 주문했을 때 나와 A, 그러니까 우리는 이견이 있기 어려울 만큼 취한 상태였다. 나의 언성은 높았고 A는 낯빛이 불콰했다. 우리는 내일을 포기한 것처럼 빠르게 술병을 비웠다. 실제로 나는 자포자기 상태였다. 이제 와 청탁을 고사할 수도 없는 노릇이니 급한 대로 도저히 뭐가 문제인지 납득되지 않는 이 후레자식 같은 작품을 그대로 송고하는 수밖에 없었다. 무엇보다 나의 기분을 더럽히는 사실은 막상 발표되고 나면 평론가와 독자들이 이 작품의 진가를 알아봐주지 않을까 하는 비참한 기대를 놓아버릴 수가 없다는 점이었다. 한편 A는 무슨 문제가 있는지 혹은 습관인지는 몰라도 자꾸 얼빠진 얼굴로 마른세수를 했다.

나눌 이야깃거리는 제한적이었다. 소설이나 영화, 음악. 그리고 그거면 텅 빈 수육 접시를 대신하기에 차고 넘쳤다. A는 보기보다 말이 많은 사람이었다. 워낙 달변가였기에 스타 강사의 강연에 빨려 들어가는 고시생처럼 이야기에 귀 기울였다.

"프랑수와 트뤼포가 남겼다는 말을 알고 있습니까? 영화를 사랑하는 첫번째 방법은 한 영화를 두번 보는 것이고 두번째는 평을 쓰는 것. 그리고 마지막은 영화를 직접 만드는 것이라던가요. 실제로 트뤼포가 남긴 말은 아니라지만, 처음 이 말을 듣고 한대 후련하게 얻어터진 기분이 됐달까. 좋은 책을 만들자는 결심이 섰죠. 그런데 작가님, 질문 하나 해도 됩니까? 저는, 편집자는, 책을 만드는 사람입니까 아닙니까?"

"무슨 말씀을. 선생님 같은 분이야말로 없어서는 안 될 존재죠."

"아니, 아니 그게 아니라…"

술에 취한 A가 무슨 얘기를 하는 것인지 점차 알 수 없었지만 분위기에 취해 술잔을 부딪쳤다. 우리는 서로의 직업이나 입장의 격차라는 불편함에서 조금씩 벗어났다. 술자리가 본격적으로 엇나가고 격앙되기 시작한 것이 정확히 그즈음부터였다. 지나가는 투로 흘린 나의 요청이 A를 자극하고 말았다. 나는 A가 쓴 소설이 있다면 꼭 읽어보고 싶다고 말했다. 그 말에 A가 차갑게 웃었다.

"왜요, 복수하고 싶습니까?"

처음에는 아니, 잘 나가다가 이 사람이 왜 이러나 생각할 따름이었다. 술이 많이 됐구나. 적당히 수습해야겠어. 그런 마음이었다.

"자신 없어요?"

잘 나가다가 내가 왜 이러나. 술이 많이 됐구나. 하지만 완전히 잠재웠다고 믿었던 속내가 한번 입 밖으로 삐져나오자 멈출 수가 없었다. 토악질 같았다. 위에 있는 모든 것을 게워내지 않고는 끝내줄 생각이 없는.

"본인이 대단하다고 생각하시는 모양인데 막상 본인이 나서면 모든 게 해결될 것 같고 뭐 그런가요? 뭐? 소설로 부리는 어리광? 솔직한 것과 무례한 것 정도는 구분하시죠. 정 그렇게 대단하시면 직접 써봐요. 막상 내 입장이 되면 생각처럼 될 것 같습니까?"

A가 마른세수를 했다. 양손을 내린 그의 얼굴에 총기가 어렸다. 어쩐지 기쁜 듯한 표정이었다.

"본색을 드러내시는군. 당신 손에서 탄생했다고 해서 그 소설에 관해 모든 것을 알고 있다고 생각합니까? 다시 그 악당 얘기로 돌아가보죠. 악당에 관해 다루는 그 소설에 숨은 진짜 악당이 누구인지 압니까? 바로 당신이야. 작가와 화자 사이의 적절한 거리감을 확보하지 못한 소설은 실패할 수밖에 없어. 제가 낳은 자식을 부모가 이해하기 힘든 것과 같은 이치지."

"나랑 아버지가 어떻게 살았는지 뭘 안다고 떠들어!"

얼굴을 굳힌 A가 상을 내려친 내 주먹을 바라봤다. 우리는, 아니 나와 A는 한동안 아무 말도 하지 않았다. 그는 생각에 잠긴 얼굴로 빈 잔을 매만졌고 나는 분을 삭이기 힘들어 씩씩거렸다. 명백한 반칙이었다. 작품에 관해 얘기할 때 가장 해서는 안 되는 비겁한 변명. 어디서도 내보인 적 없는 폭력적인 언동을 나의 작품을 읽어준 편집자에게, 그것도 내게 아무런 책임이나 의리도 없는 초면에게 내보이고 말았다.

"아까 했던 조지 마틴 얘기 말입니다. 「왕좌의 게임」 원작자인 조지 R. R. 마틴 말고 프로듀서 조지 마틴. 그는 악보도 제대로 볼 줄 몰랐던 존 레논과 폴 매카트니라는 원석을 기술적으로 갈고 닦아 비틀스라는 작품을 세상에 내보였습니다. 그런 겁니다. 물론 좋아합니다, 소설. 직접 써보기도 했고. 하지만 내가 원하는 것은 그런 게 아닙니다. 저는 연출가로서, 지휘자로서 예술을 하고 싶을 따름입니다. 그런데 당신은 자꾸 나를 작가가 못 된 패배자로 몰고 싶어서 안달이군요."

한층 누그러진 목소리를 잠자코 들었다. 노련하다. 이 자는 그럴싸한 자기변호를 늘어놓는 일에 능하다. 그것도 내가 영 못 알아들을 소리로만 골라서 말이지. A가 떠드는 이야기를 당최 이해할 수 없었다. 처음부터 쭉. 이 작자가 오늘 나를 만난 진의를, 망발을 퍼붓기 알맞은 개떡 같은 소설들만 손보는 그 음험한 속내를 비로소 깨달았다. A는 그저 잘난 듯 주절거리고 싶었을 뿐이다. 책임질 까닭이 없는 대상을 하나 골라서 아무도 듣고 싶어하지 않는 자기 얘기를 늘어놓으려는 심산이다. 그런 종자다. 자기도취 된 상태가 아니고서는 자신을 유지할 수 없는 현학적 금치산자 같으니라고.

"하지만 요즘 그런 생각을 합니다. 어떤 작품을 둘러싼 모든 이들이, 이 이야기에 대해 가장 잘 이해하고 있는 것은 나야,라고 착각하고 있는 것은 아닐까 하는. 작가는 물론 그럴 수밖에 없겠고, 편집자는 여러 오류를 고치는 입장에서 이 글의 강점과 취약한 지점을 모두 알고 있다고 생각하는 거죠. 책의 오류를 발견한 일부 독자들의 고압적인 태도에서도 어떤 유사함을 발견할 수 있습니다. 물론 나도 다르지 않습니다. 주제넘은 소리를 했다면 미안합니다만, 그렇다면 내가 할 수 있는 일은 과연 뭡니까? 나는 그저 외부인입니까? 얼굴 한번 본 적 없는 저자의 이름으로 책을 내는 게 일상이었습니다. 원고가 책이 되기까지 모든 순간이 나의 일이었지만, 만들어낸 책에 내 이름이 실리는 경우는 그다지 많지 않았죠. 사명감으로 일해야 한다, 책에 애정을 가져야 한다. 그런 말들을 들었습니다. 하지만 그것은 내가 만들 책이 좋은 책이라는 믿음이 있을 때만 가능합니다. 나는 내가 원하는 책을 단 한 권도 내지 못했습니다. 그래서…"

"작가는 나야. 알아들어? 당신은 아무것도 아니라고."

나는 눈을 감은 채 자꾸 밑으로 굴러떨어질 것 같은 머리통을 양손으로 받쳤다. A는 침묵했다. 얼마 후 그가 자리에서 일어서는 기척을 느꼈다. A가 같은 공간에서 완전히 사라졌음을 깨달은 나는 빗속을 헤치는 그의 뒷모습을 유리창을 통해 오래도록 지켜봤다. 그는 저 멀리 산자락 어딘가로 모습을 감췄다.

술잔을 마저 비우고 테이블 위에 고개를 파묻었다. 그리고 생각했다. 말하자면 나는 여기에 앉아 한 이야기의 구상을 하는 것이다. 이야기를 꾸리려면 악당이 필요하다. 하지만 아버지는 이제 없고 새로운 사람이 필요하다. 그렇다면 당신이 좋겠어.

주인공은 작가 D와 편집자 A. 하나의 작품을 두고 치열한 공방을 펼친다. 그러나 실상은 둘 다 작품과는 상관없는 각자의 얘기를 꺼내고 떠들다가 서로 상처를 주고 이해를 종용한다. 마지막에 그들은 각자 은신처로 몸을 숨긴다. 아무도 자신을 괴롭히지 않을 곳으로. 마지막에 이렇게 덧붙여야지. 이 또 한편의 태작을 A에게 바친다. 아마 당신은 이렇게 말할 거야. 이 작품은 포기해야 합니다. 왜냐하면, 작가와 작품 사이의 적절한 거리감을 확보하지 못했기 때문입니다. 그러면 난 이렇게 답할 테다. 당신이 한번 써보시지. 쉽지 않아. 존나 어렵다구. 맙소사. 더럽게 흥미로운 소설이겠군. 하지만 발표될 일은 없을 것이다. 난 이제 완전히 끝났으니까. 내 소설의 마지막 문장처럼, 앞으로 악당에 관해서는 쓸 수가 없겠다.

"암세포라니. 살벌하게. 투병처럼…"

정신을 놓고 잠에 빠지기 직전 이렇게 혼잣말했던 것 같다. 낯부끄럽게 도취된 자만이 뱉을 수 있는 독백이었다

헤드라이너

신화는 폭거다. 더 후의 피트 타운젠드는 공연 중 기타를 높이 치켜드는 퍼포먼스를 선보였다. 그 바람에 기타가 무대의 낮은 천장에 부딪쳐 조금 망가지고 말았다. 그는 쒯, 마더 퍼커,라는 심사로 내친김에 기타를 패대기쳐서 완전히 박살 내버렸다. 록 음악사에 처음 등장한 악기 부수기였다. '마왕' 오지 오스본은 박쥐를 씹어 먹었고 시드 비셔스는 베이스 기타를 내리찍어 관중 한명을 골로 보내버리려 했다. 커트 코베인은 번거로움을 무릅쓰고 굳이 샷건으로 본인의 머리를 갈겨버렸다. 존 레논과 '면도날' 다임백 데럴은 팬이 쏜 흉탄에 구멍이 뚫렸고 전설적인 서던록 그룹 레너드 스키너드는 비행기 추락 사고로 멤버 절반이 사망하고 말았다.

　보라. 로커에게 일어나는 모든 폭거는 퍼포먼스다. 수많은 천재가 승천의 방식으로 극단적인 퍼포먼스를 택한다. 혹은, 간택된다. 그중 가장 위대한 신화이며 아름다운 폭거는 지미 헨드릭스다. 아닐 수가 있을까. 그는 육식동물이 먹이를 먹어치우듯 이로 현을 뜯었고 오므라이스에 케첩이라도 뿌리는 양 기타에 기름을 부은 뒤 불을 댕겼다. 피어오르는 불꽃 앞에 무릎을 꿇고 LSD와 가무에 취한 채 신음하는 그의 모습은 계시를 기다리는 샤먼과도 같았다. 실제로 그는 신과 접촉하는 데 성공했다. 나인틴식스티나인, 히피 삼십만명이 운집했던 바로 그 우드스톡 공연에서 말이다. 지미는 미국의 국가를 연주했다. 무난한 편곡이었다. 중간부터 시작된 노이즈를 극대화한 주법만 아니었다면 말이다. 흔히 그 소리는 폭격기가 지상으로 폭탄을 무수하게 떨어뜨리는 광경을 연상시킨다고 평해진다. 모르긴 몰라도 약에 절어 청각이 예민해진 히피들에게는 생생했으리라. 그들이 듣고 선 장소는 더이상 뉴욕으로부터 약 70킬로미터 떨어진 평원이 아니었다. 히피들은 베트남 어느 늪지 한가운데 알몸으로 선 채 머리 위로 떨어지는 네이팜탄을 멀거니 올려다봤다. 그야말로 떼로 귀신에 쐰 것이라 해도 과언이 아니었다.

그로부터 일년 뒤, 27세를 일기로 지미는 죽었다. 사인은 약물 과다복용으로 인한 수면 중 구토, 질식이었다. 실로 로커다운 나이에 맞이한 로커다운 결말이었다. 말하자면 지미의 신화는 비로소 완성됐다. 나로서는 어떤 식으로든 개입할 여지가 없는 그 자체로 완전한 원본이다. 내겐 새로운 신화가 필요했다. 나와 동시대에 일어난 생생한 신화가. 거대한 빛무리를 이루는 단 하나의 입자일지라도 같은 프레임에 포착되고 싶은, 지미와 한 하늘 아래 생동했던 삼십만명 중 한 사람이라도 되고픈 비루한 미망인지도 몰랐다. 평범한 인간이라는 카테고리에서 한순간이라도 벗어나고픈 갈망이 순전히 나만의 것은 아니리라 믿는다. 요컨대 다들 바라는 일 아니냐는 말이다. 내 인생을 다시 한번 살아도 좋을 만한 무엇으로 탈바꿈시킬 숭고한 대사건을 우리는 기다리지 않나. 물론 모든 사람이 그런 경험을 하기는 힘들지도 모른다. 그런 점에서 나는 운이 좋은 편이었다. 신의 폭거를 목격하는 데 성공했으니까. 이제부터 하려는 이야기는 한편의 지극히 개인적인 신화이며 과거와 현재 그리고 미래까지 통틀어 내 삶이 가장 밝게 빛난 찰나를 포착한 스냅숏이다.

여기, 펜스 밑 개구멍을 기어서 어느 록 페스티벌에 무단으로 침입한 소년 무리가 있다. 그들은 미성년이었지만 충분히 술에 절었고 담배도 피울 줄 알았으므로 도무지 무서울 게 없었다. 거칠 것 없는 그들이었으나 난생처음

목도한 대형 공연장의 위용에 놀라지 않기는 어려웠다. 학교 운동장 열댓개는 합쳐놓은 듯한 넓이의 풀밭에 그들로서는 가늠도 되지 않는 숫자의 인파가 무리를 지어 서 있거나 돗자리를 깔고 누워서 맥주를 마시고 튀김을 씹었다. 날은 이미 어두웠지만 사방이 오징어 잡이 현장처럼 밝았다. 무엇보다 소년들의 정신을 빼놓은 것은 소리였다. 귀가 아니라 배 속을 울리는 무지막지한 음향이 전혀 새로운 중력처럼 공간을 메우고 있었다. 그들, 밴드 '우드스톡'은 그야말로 소리의 스케일에 기가 질렸다. 그러나 한편으로는 대폭발을 준비하는 슈퍼노바처럼 전조 없이 고양됐다.

소리의 진원지는 물론 무대였다. 우드스톡의 눈에 비친 그곳은 마치 지구를 침공하러 온 우주선처럼 거대하고 압도적이었다. 무대 앞을 만조의 바닷물처럼 메운 군중들을 살피며 멤버 중 누군가는 대형 교회의 신년 새벽기도를, 다른 누구는 전쟁 영화의 클라이맥스를 떠올렸다.

"오줌이 마렵진 않은가 형제들?"

로니는 부러 여유로운 웃음을 흘리며 멤버들을 돌아봤다. 존은 얼굴이 굳었고 빌리는 민첩하게 로니를 마주보며 흥미롭다는 듯 미소를 지어 보였다.

"이봐, 시드!"

잠자코 무대가 있는 방향으로 걷기 시작한 시드를 존이 소리쳐 불렀다. 이봐, 시드라니. 이 정신 나간 새끼들. 애석하게도 이들은 모두 한국인이다. 페스티벌이 진행되고 있는 땅도 오브 코스 사우스 코리아다. 교포도 혼혈도 아닌 네명의 소년들에게는 한국식 성과 이름이 있다. 그럼에도 이들의 호명과 말투에 버터가 발린 이유를 밝히기에 앞서 멤버들을 소개하려 한다. 먼저 우드스톡의 리더이자 보컬을 맡은 로니. 몸이 다부지고 목소리가 걸걸한 쾌남이며 명실상부한 프런트맨이었다. 다음은 베이스를 맡은 빌리. 수려한 외모에 키가 훤칠한 슈가 보이다. 드럼을 치는 존은 체구는 작지만 생각이 깊은 우드스톡의 해결사다. 해결하기 어려운 일, 특히 금전적인 문제가 생길 때면 어김없이 존이 나섰다. 솔선하지 않으면 로니의 불호령이 떨어졌기 때문이지만. 기타의 시드는 베일에 싸인 쿨 가이인데 존이 생각하기에 시드는 이모(emo) 감성에 심취한 찐따였다. 로니의 적극적인 러브콜로 마지막에 영입한 멤버였지만 대화에 참여하는 일이 적었고 연주 실력마저 형편없는 데다가 심지어는 의욕도 없어 보였다. 표정이 늘 구겨져 있어서 가끔 불시에 뒤통수를 갈겨버리고 싶을 때가 있는 녀석이라고 존은 속으로 평했다.

"흥분하지 말라구, 악동 형제!"

어느새 달려 나간 로니가 시드의 어깨에 팔을 감고 돌아왔다. 존은 시드가 더욱 거슬렸다. 로니가 친한 척을 하는데 행주라도 씹어 문 듯한 얼굴이라니. 한편 웃는 얼굴로 주변을 둘러보며 빌리가 입을 열었다.

"로니 말이 맞아, 맨. 밤은 이제 시작됐고 우리는 무대가 달아오르길 기다려야만 해. 그때까지 블루스 타임이나 즐기자고."

빌리는 장사진을 이룬 사이드 코너로 발길을 옮겼다. 우드스톡은 인파를 헤치며 걸었다. 처음 겪는 록의 향연은 소년들이 상상하던 것과 차이가 컸다. 그들이 접한 해외 록 페스티벌 실황 영상에서는 공연에 몰입한 뮤지션과 광분한 군중만을 볼 수 있었다. 먹을거리와 굿즈를 판매하는 부스가 이렇게 많으리라고는 예상하지 못했다. 패션, 술, 담배뿐만 아니라 록과는 전혀 상관없어 보이는 영화 배급사의 부스마저 네온 간판을 내걸었다. 존은 예루살렘에 입성한 지저스 크라이스트의 분노를 떠올렸다. 민족의 명절인 유월절을 맞아 대성전을 찾은 순례자들로 예루살렘이 문전성시를 이룬 때였다. 종교인과 상인들은 대목을 놓치지 않고 순례자들을 열렬하게 등쳐먹었고 그 행태에 그는 경악했다. 너희는 성전을 강도의 소굴로 만들었다! 마가복음 11장 17절 말씀. 존이 성경에서 가장 사랑하는 구절이었다. 어차피 신화는 폭거다. 저 대형 브랜드의 소굴이 된 성전을 정화하기 위해 우드스톡이, 정확히 말하자면 로니가 나섰다. 마이 로드, 용서하소서. 존은 신실한 개신교도였지만 로니를 우상 숭배하지 않을 수 없었다. 왜냐하면 로니는 끝내주는 슈퍼스타였으니까.

로니에 대한 존의 내적 간증이 무르익어갈 즈음 우드스톡은 행진을 끝냈다. 이제 때가 됐음을 예감한 그들은 잠자코 군중과 무대를 응시했다. 소년들은 각자 조금은 비슷하고 다소간은 다른 생각에 잠겼다. 한심한 꼴이군. 한방 먹여주지. 로니는 비웃음을 지었다. 그는 육칠십년대 영미권의 록 음악을 숭배했다. 그 시절 이후의 음악은 일부러라도 듣지 않았는데 특히 브릿팝이라 일컫는 마시멜로우 혹은 다크 초코 같은 감수성의 영국발 모던 록 계열은 그가 가장 혐오하는 장르였다. 그런 음악은 게이들이나 듣는 것이라 여겼다. 그 사실을 알고 있었기 때문에 지금 공연 중인 모던 록 밴드의 음악을 몰래 들어오던 존으로서는 멜로디에 귀 기울이고 있는 티를 내지 않는 것이 곤혹스러웠다. 자칫하면 로니에게 두들겨 맞고 버림받을지도 몰랐다. 잠시 후, 무대에 올랐던 그룹이 환호를 받으며 퇴장했다. 그리고 인터벌에 들어가면서 조명이 어두워졌다.

"리더, 시작하는 거야?"

빌리가 로니의 어깨에 손을 올렸다. 로니는 의미심장한 얼굴로 동료들을 돌아봤다. 시드를 제외한 세명의 소년은 상기된 안색을 숨기지 않았다. 이제 와서 이들이 목표하는 바를 밝히기 너무 늦은 걸지도 모르겠다. 우드스톡은 무대를 탈취할 작정이었다. 세계적인 뮤지션의 악기와 마이크를 빼앗아 자신들의 존재를 전세계에 알릴 속셈이었다. 결성한 지 반년 가까스로 넘었고 그나마 카피한 곡이라고는 딥 퍼플의 '스모크 온 더 워터'뿐인, 애송이라고 말하기도 송구한 천둥벌거숭이들임을 감안하더라도 지독한 발상이었다. 이 믿기 힘든 도전은 과감함과 무모함을 구분하지 않는 일을 남자다움이라 여기며 남자다움이야말로 로커의 소양이라고 굳게 믿는 리더 로니의 구린내 나는 아이디어였다. 처음 로니의 제안을 접했을 때 존은 탄성을 질렀다. 이 얼마나 도량이 큰 사내란 말인가! 덧붙여 빌리는 대수롭지 않은 일이라는 듯 웃으며 까짓 거 리더가 원한다면 따라가도록 하지 따위의 멘트를 읊었고 시드는 낯빛을 바꾸긴 했으나 별다른 반응을 보이지 않았다. 이것이 록밴드 우드스톡이 만취한 채 록 페스티벌에 난입하게 된 정황이었다.

무엇인가 시작될 참이었다. 마지막 쿼터의 킥오프를 앞

두고 상대를 1점차로 맹추격 중인 슈퍼볼 선수들처럼 서로를 단단하게 붙든, 역시나 시드를 제외한 소년들은 다음 순간 예기치 못한 충격을 받고 나가 떨어졌다. 어디선가 불쑥 나타난 일단의 무리가 그들을, 그중에서도 로니를 거칠게 부딪치고 지나갔던 것이다. 거기다 하필이면 가격당한 부위가 로니의 어깨였고 그게 또 하필이면 왼쪽이었다. 맙소사, 왼쪽 어깨! 로니의 표정이 의미하는 바를 읽어낸 존은 사태가 걷잡을 수 없는 방향으로 흘러갈 것이라 직감했다. 중학생 때 이미 유망주로 꼽혔으나 왼쪽 어깨에 상처를 입어 유도를 그만둘 수밖에 없었던 로니가 이 갑작스러운 접촉으로 인해 느꼈을 스트레스와 통증은 범인이 감히 헤아리기 힘든 것이었다. 그렇기 때문에 존은 자신을 건드린 땅딸한 사내에게 다가가 헤이, 듀드,라고 말을 건 뒤 그를 바닥에 냅다 메쳐버린 로니를 말릴 수 없었다.

밤하늘에 폭죽이 터졌다. 폭발과 함께 밝은 빛이 쏟아졌고 빛줄기가 땅바닥에 내리꽂힌 남자의 민머리와 민소매 가죽조끼 그리고 가죽 바지 곳곳에 박힌 징과 체인을 흉흉하게 비추었다. 로니는 고개를 들었다. 폭죽은 가죽과 징과 체인을 몸에 두르고 입술과 귀에 피어싱을 한 일곱 덩치의 모히칸 위에서 화려하게 점멸했다.

로큰롤. 그 순간 로니의 머릿속에 떠오른 단어였다.

한편 조명이 꺼진 무대의 세팅이 대규모로 재구성됐다. 다음 무대는 특별했다. 세계 최정상 밴드가 등장할 차례였다. 이 록 페스티벌의 헤드라이너였다. 얼마나 대단한지 오직 그들만을 위한 대형 리프트가 지난 새벽에 미리 설치되었을 정도다. 리프트는 성인 여섯명 정도는 너끈히 실을 수 있는 발코니 같은 형태로 아주 높고 먼 곳까지 사람을 이동시키는 장비였다. 보통은 전문적으로 전봇대를 타는 사람이 사용하거나 포장 이사 업체를 불렀을 때나 볼 수 있을 테지만 록 스테이지에서는 더없이 화려하고 웅장한 장비가 되곤 한다. 자, 힌트를 주겠다. 기타는 여섯 개의 현으로 표현하는 인간성이다. 이 밴드에서 리드 기타를 맡은 남자는 이런 어록을 남긴 것으로 유명하다. 알 것 같지 않나? 그렇지 않다면 이 그룹의 보컬이 액슬 로즈나 리암 갤러거와 비견될 만큼 막무가내인 성격으로 유명하다면 어떤가. 그리고 파워풀한 흉성과 서정적인 클린 보이스를 자유자재로 뽑아내는 실력자라는 것까지 밝힌다면 아마 모르기가 더 힘들 것이다.

바로 그런 인물들이 사우스 코리아의 오줌 같은 맥주를 들이키며 동북아에 문화적 팻 맨을 떨어트릴 준비를 끝마치고 있을 즈음 존은 땅바닥에 바짝 엎어져 있었다. 그리고 내달리는 로니와 가죽 유니폼을 입고 그를 뒤쫓는 세기말 전사들의 멀어져가는 뒷모습을 황망하게 바라보았다. 존은 동무들과 방역차를 쫓다가 홀로 뒤처진 꼬맹이가 된 기분이었다. 로니는 뒤도 돌아보지 않고 도망쳐버렸고 추격자들에게 자신은 안중에 없었다. 바닥에 호되게 구른 통증이 엄습했다. 존은 별안간 기도가 하고 싶었다. 그러나, 아멘, 주기도문도 사도신경도 떠오르지 않았다. 신앙을 잃고 군중의 발밑을 뒹굴던 존은 자신을 굽어보는 존재를 깨달았다. 불시에 뒤통수를 갈겨버리고 싶은 얼굴을 하고 시드가 그곳에 서 있었다. 댐 잇.

그래, 댐 잇. 그러고 보니 중요한 설명을 잊었다. 사실을 털어놓자면 이 이야기 속 인물들은 실제로 서로를 부를 때 '요즘 어때, 맨?'이라는 식으로 말한다거나 길을 걷다가 겁나 큰 소똥을 밟고 난 직후 '이런 불쉿'이라고 소리치지 않는다. 내가 표기하는 말투와 호칭은 순전히 이들을 쪼다처럼 보이도록 만들기 위한 연출에 불과하다. 브릿팝을 사랑하는 나로서는 그들의 철 지난 감상주의와 혐오 발언을, 끔찍하기 짝이 없는 폭력성을 용서하기 힘든 게 사실이다. 그런 맥락에서 단단히 시대착오적인 그들에게 내리는 심판이라고나 할까. 하하, 마더 퍼커들 같으니

라고. 그렇다고 해서 그들의 예명에 별다른 의미가 없다
는 뜻은 아니다. 이를테면 지금 가죽 유니폼 무리와 추격
전을 벌이고 있는 우드스톡의 프런트맨 로니의 이름은 블
랙 새버스의 로니 제임스 디오에서 따왔다. 그렇다. 바로
그 디오 맞다. 무운을 빈다, 로니.

한편 슈가 보이 빌리는 뒷머리를 긁적이며 주변을 둘
러보는 중이었다. 초짜 철학도마냥 자신이 어디에서 왔고
어디로 가야 하는지 당최 알 길이 없었다. 빌리는 로니와
함께 인파를 뚫고 추격자들로부터 도망쳤다. 그리고 길쭉
한 다리로 가죽 유니폼들뿐만 아니라 로니까지 완전히 재
껴버리고 말았다. 추적을 피해 달리는 동안 핸드폰마저
잃어버린 터라 곤란한 상황이었다. 고심하던 빌리의 눈에
한 여성이 들어왔다. 왜소한 체구의 그녀는 비비언 웨스
트우드가 좋아했을 법한 펑크룩 차림이었다. 빌리가 그녀
에게서 시선을 떼지 못한 것은 자신도 알지 못했던 취향
을 관통한 외형 때문만은 아니었다. 웃고 떠들고 있는 군
중 속에서 그녀는 눈물을 흘리고 있었다. 그녀는 금방 이
별을 겪은 참이었다. 연인과 다툼이 일어난 표면적인 이
유는 그녀의 복식 때문이었다. 그녀의 연인은 약도 없는
메탈 중독자였고 그녀가 치장한 펑크룩을 도무지 용서할
수가 없었다. 반면 그녀가 잘 아는 외국 노래라고는 아버

지가 권고사직을 받은 날 술김에 지하철 행상에게서 구매한 '한국인이 좋아하는 골든 팝송 500선', 그 CD에 수록된 발라드 넘버 몇곡뿐이었다. 말하자면 오로지 연인을 위해 그녀는 노력했다. 너는 록을 이해하지 못하고 있어. 연인은 시종일관 그녀와 가까이 있기를 거부했다. 내가 이해하고 싶었던 건 개좆같은 록이 아니라 너야! 제법 록 스피릿이 담긴 발언이었음에도 불구하고 정작 애인은 예상치 못한 쌍욕에 상처를 입고 그녀를 떠나버렸다.

"도움이 필요해요."

그녀는 울음을 멈추고 자신의 어깨를 덮은 커다란 손을 바라봤다. 그리고 키가 큰 빌리를 올려다보기 위해 경추에서 소리가 날 정도로 고개를 쳐들었다. 빌리는 매력적인 미소를 입가에 띠고 그녀를 내려다봤다.

"셀폰을 잃어버렸거든요. 나를 도와요. 나도 당신을 도울게요."

빌리 시언을 아는가. 사람 좋게 생긴 얼굴로 베이스 기타를 유린하는 세계 최정상급 록 베이시스트다. 그의 특기는 오른쪽 손가락 세개를 이용한 현란한 질주형 주법이다. 어찌나 스피드광인지 피크를 꽂은 전동드릴로 연주를 할 정도다. 어쨌거나 그는 여느 세션맨들처럼 수강료를 받고 레슨을 하곤 했는데 하루는 수강생들에게 이런 질문을 했다고 한다. 그대들은 악기를 왜 배우지? 그러자 한 수강생이 음악에 대한 순수한 열정에 관해 늘어놓았다나 어쨌다나. 이에 빌리 시언은 고개를 저었다고 한다. 유 아어 라이어. 그럴 리 없어. 나는 여자한테 멋있어 보이려고 악기를 배웠다고. 아니지, 이 일화는 폴 길버트였던가? 어쨌거나 믿거나 말거나다.

애초에 빌리가 로니의 무모한 계획에 동참한 것도 순전히 여성들에게 인기를 끌기 위함이었다. 세계가 주목하는 무대 위에 올라 자신의 비주얼을 뽐내고 싶었던 것이다. 이쯤 얘기했으면 빌리를 어째서 빌리라 이름 붙였는지는 충분히 설명된 것 같다. 이 신속한 로맨티시스트 앞에서 평정심을 유지할 헤테로섹슈얼 레이디는 그다지 많지 않았다. 버림받은 직후 홀연히 등장한 슈가 보이에게 그녀는 복잡한 충동을 느꼈다. 어디선가 위잉위잉 하는 소리가 들렸다. 빌리가 사랑의 전동드릴을 작동시키는 소리였다. 그녀는 품에서 핸드폰을 꺼냈다.

"도움이 됐으면 좋겠네요."

빌리는 건치를 내보이며 미소 지었다. 이때 빌리의 머릿속에서 동료들에 관한 걱정과 무대를 탈취하는 목적 따위는 단숨에 증발해버렸다.

그즈음 존과 시드 사이에서 작은 실랑이가 벌어졌다.

"다시 돌아가야 해."

"어디로?"

"우리가 마지막에 모였던 장소 말이야."

"그러니까 어디."

존은 눈살을 찌푸리고 시드를 노려봤다. 실은 주변을 돌아보지 않기 위한 행동이었다. 셀 수 없는 인파가 수시로 자리를 옮겼다. 돌아갈 곳을 가늠할 수 없었다.

"기다리자. 로니가 돌아올 때까지."

그 말을 듣고 시드는 뒤돌아 걸음을 뗐다. 존은 서둘러 따라가 시드의 어깨를 붙잡았다. 얇고 가벼운 몸이었다. 존은 용기가 솟았다.

"꼼짝 마, 시드. 우린 자리를 지켜야 돼."

"왜?"

"홀리 쉿, 금방 내가 한 말 못 들었어? 귀에 핫도그라도 박혀 있는 거 아니야?"

존은 생각했다. 이 '선 오브 비치'가 오늘따라 왜 이리 말이 많지? 존은 눈에 힘을 실었다. 시드가 반항적인 얼굴로 존을 노려보았기 때문이다. 존은 또 생각했다. 실력도 의욕도 없는 녀석에게 밀릴 수 없다. 하지만 어쩐지 어깨가 위축됐다. 저 스케어크로우처럼 깡마른 녀석이 어쩜

저렇게 눈빛이 사나울까? 한동안 눈싸움이 이어지다가 불쑥 시드가 품에서 무엇인가를 꺼냈다.

"이봐, 여기가 흡연 부스인 줄 알아?"

담배를 입에 문 시드는 연기를 내뿜으며 눈살을 찌푸렸다.

"너 그루피지?"

존은 시드가 하는 말을 알아듣지 못했다. 평생 접해본 적도 없는 단어였다. 그런데 어째서인지 존은 그 말이 모욕적이었다. 그리고 기시감을 느꼈다. 무슨 말인지 모르겠는데 무슨 말을 하고 있는지 알 것 같았다. 그 말이 하필이면 자신에 대한 비난일 것이라는 직감이 존을 비참하게 만들었다. 그루피라는 말이 어떤 의미인지 묻고 싶었지만 무지를 고백하는 것은 더 큰 치욕이었다.

"너 같은 새끼란 뜻이야."

속내를 읽기라도 한 듯 시드는 명백히 여성 비하적인 쐐기를 박은 뒤 몸을 돌렸다. 존은 함부로 꽁초를 버리며 앞으로 나아가는 시드의 등을 바라봤다. 문득 존은 로니가 시드를 두고 했던 말이 떠올랐다. 이 녀석은 진짜야! 진짜배기라고! 만약 지금이 70년대 영국이라면 퀸엘리자베스호 선상에서 '갓 세이브 더 퀸'을 연주하고 경찰에게 연행됐을 사람은 시드 비셔스가 아니라 이 친구일 거야!

안 그래, 형제들? 술에 취한 로니는 그때도 시드의 어깨 위를 팔로 감싸고 있었고 시드는 시큰둥한 얼굴이었다. 존은 그 장면이 말도 안 나올 정도로 불쾌했다. 존이 시드에게 느낀 감정은 누울 자리를 페르시안 친칠라에게 빼앗긴 치와와의 기분과 흡사했다. 그러나 그 위화감의 정체를 깨닫지 못했기 때문에 존은 시드에 대한 불만을 키울 따름이었다.

실은 존 역시 시드와 마찬가지로 로니에게 스카우트된 멤버였다. 존은 교회 청소년 찬양단에서 활동했다. 모태신앙인 존이었지만 주일마다 '부흥 2000'이니 '로만 식스틴나인틴'이니 하는 곡만 연주하느라 알게 모르게 신심마저 깎여나가는 나날을 보냈다. 그러던 어느 날 로니와 눈이 마주쳤다. 로니는 강자만이 지을 수 있는 미소를 띤 채 가장 뒷줄, 좌우로 기다란 목제 의자를 혼자 차지하고 앉아 존을 주시했다. 존은 로니가 누군지 알고 있었다. 그는 유명인이었다. 럭비부 선배들도 함부로 대하지 못하는 존재였다. 근방에서 패싸움이 일어나면 어김없이 나타나 전장을 누빈다는 얘기가 있었고 심지어는 돈을 받고 다른 학교의 싸움에 참가하는 용병을 자처할 정도로 피에 굶주렸다는 소문도 돌았다. 그런 로니가 어째서 이곳에 나타나 자신을 응시하고 있는지 존은 짐작도 되지 않았다. 뭔

지는 몰라도 꼼짝없이 죽었구나 하는 마음으로 존은 통한
의 드럼 플레이를 보여주었고 바로 그것이 로니의 마음에
쏙 들었다. 마침 로니는 실력 좋은 드러머가 있다는 얘기
를 듣고 몸소 존이 다니는 교회를 찾은 것이었다. 전임 드
러머가 로니의 심기를 건드린 것이 화근이었다. 몇번인가
바닥에 메쳐진 드러머가 그대로 밴드를 기어나간 바람에
로니는 급하게 새로운 연주자를 구해야만 했다. 이봐, 넌
마치, 그러니까, 엄, 존 본햄 같은걸? 예배가 끝나자마자
존에게 건넨 로니의 첫 마디였다.

　존은 '엄' 존 본햄이 누군지 알지 못했다. 하지만 무슨
말인지는 몰라도 무슨 말을 하고 있는지 알 것 같았다. 난
데없는 감이 없지 않았지만 어쨌든 존은 바로 그 로니에
게 인정받은 것이었다. 그날부로 존은 우드스톡이 되었
다. 따지고 보면 로니는 존을 본격적인 록의 세계로 이끈
장본인이었다. 존은 나중에야 존 본햄이 전설적인 밴드
레드 제플린의 드러머란 사실을 알게 되었다. 첫 대면 이
후로 존 본햄이라는 이름이 로니의 입에 오른 적은 없지
만 존은 최선을 다했다. 합주를 하다가 잠시 휴식을 취하
는 틈에 레드 제플린의 곡 중 드럼 플레이가 가장 돋보이
는 곡으로 정평이 난 '모비 딕'을 연주해서 로니에게 어필
하기도 했다. 한번 더 로니에게 듣고 싶은 말이 있었다. 하

지만 쉴 때는 조용히 있으라는 핀잔을 듣는 게 고작이었다. 애석하게도 로니는 존과의 첫 대면을 제대로 기억하지 못했다. 자신을 구원한 인사말이 실은 로니가 알고 있는 드러머가 존 본햄뿐이었기 때문에 튀어나온 것이었다는 사실을 존은 먼 나중에야 알게 된다. 그래, 그랬다.

시드를 바라보는데 그날의 로니가 떠오르는 이유는 무엇일까. 존은 시드를 뒤쫓았다. 따라와. 그런 말을 들은 것만 같았다. 드디어 헤드라이너가 모습을 드러냈다. 무대 앞에서 환호가 터져 나왔고 그 사이에 섞인 시드와 존은 고양되었다. 불꽃같은 도입이었다. 그들은 경쾌한 기타 리프로 약 한시간 반 뒤 록 음악사의 새로운 신화가 될 공연의 포문을 열었다. 시드는 군중을 헤치며 천천히 앞으로 나아갔고 존은 거리를 유지하며 그 뒤를 따랐다. 그러나 중간도 못 가서 시드는 움직임을 멈췄다. 그 이상 앞으로 나아갈 수 없었다. 군중들 사이에 사람으로 이루어진 벽이, 거대한 원형의 진이 만들어지고 있었다. 원진의 가장 앞줄을 맡은 사람들이 자세를 낮춘 채 팔을 벌리고 막아섰다. 뒷사람들이 섣불리 앞으로 나서지 못하도록 하기 위함이었다. 그런 주제에 본인들은 지금 당장이라도 뛰어들 것만 같은 태세였다. 원진 안으로 깃발을 든 무리가 빠르게 빙빙 돌며 뛰었다. 웃통을 벗은 사람도 있었고 바지까지 벗은 사람도 있었으며 얼굴과 몸에 온통 페인트를 칠한 사람도 보였다. 곡은 클라이맥스를 앞두고 고조되었고 군중의 목소리가 그것을 따라 높아졌다. 집약된 한순간, 모든 것이 절정에 달했다. 군중은 니트로를 폭발시킨 험비처럼 원진 안쪽을 향해 달려들었다. '슬램'이었다.

존은 전쟁이 시작된 줄 알았다. 아무리 좋게 봐줘도 패싸움과 다를 바 없어 보였다. 맞은편에서 달려드는 낯선 사람을 향해 죽일 듯이 몸을 부딪쳐오는 이 군중의 기행에 존은 기함했다. 그들은 악다구니를 쓰며 노래를 따라 불렀다. 그리고 웃었다. 심지어 어느샌가 무리에 끼어서 낯선 이들과 부대끼고 있던 시드마저 입가에 피를 묻힌 채 웃었다. 존은 시드가 웃는 모습을 처음 목격했다. 존이 아는 시드의 감정 표현은 우울 아니면 불만이었다. 믿기지 않는 일이었다. 한바탕 소란이 끝난 뒤 몇몇은 어깨동무를 하고 리듬에 맞춰 제자리에서 뜀뛰기를 했다. 시드가 누군가의 어깨에 손을 올린 채 방방 뛰고 있는 모습 역시 생소하기는 매한가지였다. 잠시 후 그들은 앞 사람의 어깨에 손을 올리기 시작했다. 그 행동은 꼬리에 꼬리를 물어 기다란 행렬이 되었다. 수련회 레크리에이션 시간의 꼬리잡기 놀이처럼 그들은 인간 기차를 만들고 어딘가로 움직이기 시작했다. 시드는 그것을 타고 떠나고 있었다. 존은 시드의 등이 멀어지는 것을 하릴없이 바라봤다. 존은 시드가 어디를 향하는지 알 것 같았다. 행복의 나라로!

존은 덜컥 겁을 집어먹었다. 홀로 남겨졌기 때문이다. 존은 시드의 그림자를 쫓아 군중을 헤쳐나갔다. 인간 기차 행렬의 꼬리는 보이지 않았다. 무대와 가까워질수록 인구밀도가 높아졌고 점차 앞을 향하기가 어려웠다. 술기운이 돌기 시작했다. 슬램에 휘말려 집단 구타를 당하듯 정신없이 밀쳐졌다. 존은 인간의 물결에 밀리고 밀려 무대 바로 앞쪽, 리프트가 설치돼 있는 곳에 도착했다. 그리고 지척에서 불세출의 밴드가 공연을 하고 있다는 사실에 새삼 충격받았다. 존은 무대와 관중의 열기에 휘말리기 시작했다.

로니의 계획은 완전히 틀어졌다. 인파에 몸을 숨기고 게릴라처럼 적들을 제압할 요령이었지만 결국 로니는 한 시간도 훨씬 넘는 숨바꼭질 끝에 머천다이징 부스 앞에서 가죽 유니폼 둘에게 배후를 잡히고 말았다. 뒤통수를 가격당한 로니는 반쯤 정신을 잃었다. 그들은 그로기에 빠진 로니를 끌고 어딘가로 향했다. 로니는 스모킹 에어리어에 도착했다. 최종 보스가 담배를 피우며 로니를 기다리고 있었다.

"네놈이 망쳤어. 무슨 말인지 이해해?"

구부정한 자세를 하고 스킨헤드가 쉰 목소리로 말을 꺼냈다. 공연장에서 뿜어져 나오는 음향을 뚫고 스킨헤드의 저음이 또렷하게 들렸다. 로니는 직감적으로 그가 노래를 부르는 사람임을 깨달았다. 스킨헤드는 허리를 곧게 세우며 얼굴을 찌푸렸다. 로니가 아까 바닥에 내리꽂았을 때 심각한 충격을 받았던 것이다. 로니는 속으로 자신이 상대해야 할 숫자를 여덟에서 일곱으로 고쳤다. 이 정도 위기는 친구처럼 늘 곁에 있었다. 로니는 스스로를 다잡았다. 끌려오는 동안 컨디션을 조금 회복했다. 기회를 엿봐 저 보스로 보이는 스킨헤드에게 달려들어 「언더 시즈」의 스티븐 시걸처럼 목을 꺾어버리리라. 그리고 그의 허리춤에 감긴 체인을 재빨리 풀고 양옆에 버티고 선 두 놈의 얼굴에 휘두를 생각이었다. 기세가 꺾인 잔반들을 요리하는 것은 존에게 맡겨도 어렵지 않을 일이었다. 업어서 메칠지 손바닥으로 후려칠지 하는 고민만이 남을 터였다.

"책임을 져야겠지."

스킨헤드가 이에 문 담배에 불을 붙이자 가죽 유니폼들이 로니에게 서서히 다가오기 시작했다. 노 프로블럼.

렛츠 록.

한편 공연은 막바지였다. 단 한곡만이 남았다. 문제를
하나 더 내겠다. 팀의 리더이자 퍼스트 기타를 맡은, 그러
니까 에디는 연인과 함께 만월의 바다를 알몸으로 즐겼던
경험을 모티프 삼아 이 곡을 만들었다고 밝힌 바 있다. 오
아시스의 '원더월'과 비견되기도 하는 이 곡은 낭만을 즐
길 줄 아는 연인들이라면 한번쯤은 모텔의 욕조든 소금쟁
이가 떠다니는 개울가든 함께 발가벗은 몸을 담그고 맞지
도 않는 음정으로 듀엣을 불러본 경험이 있다는 소문으로
도 유명한, 그래, 바로 그 곡이다. 바로 그 명곡이 이들의
고정 피날레였다. 덧붙여 이 공연의 방점을 찍기 위해 기
타 솔로 씬에서 에디가 리프트 위에 오를 예정이었다. 에
디는 관중의 머리 위를 돌다가 가장 높은 곳, 달과 가까운
위치에서 연주를 하기로 예정되어 있었다.

인트로가 시작되고 나서야 존은 정신을 차렸다. 술기운
과 공연에 취해 있느라 본연의 목적을 완전히 잊었다. 다
시 겁이 나기 시작했다. 로니가 실망하겠지? 흠씬 얻어터
지고 쫓겨나겠지? 지금이라도 무엇인가 해야 해! 정신을
차렸다는 말은 실은 거짓이었다. 취기가 뒤늦게 올라오
는 체질이었던 존은 분별력을 완전히 잃었다. 존의 눈에

에디가 가까이 다가오는 모습이 들어왔다. 그는 판타스틱한 기타 플레이를 이어가며 리프트를 향했다. 존은 마침 펜스를 앞둔 위치였다. 그 순간 모든 군중이 에디에게 주의를 빼앗겼다. 심지어 경호원들조차 말이다. 존이 펜스위에 올라섰다. 곡이 클라이맥스를 향했고 에디가 리프트에 두 발을 디뎠다. 그가 공중에 뜨기 시작했다. 그러나 허공에 떠오르는 일은 적어도 그때만큼은 희소하지 않았다. 같은 순간 이 페스티벌에서 지상과 떨어진 채 움직이는 사람이 에디 말고도 두명이나 더 있었기 때문이다. 한명은 예상이 가능할 것이다. 그렇다면 다른 하나는 누구일까.

시드였다. 시드는 눈을 감고 있었다. 그는 자신의 육체를 외부에 온전히 맡겼다. 등 밑으로 사람들이 자신의 몸을 떠받치고 어디론가 옮겨가는 감각은 경이로웠다. 광주리 안에 몸을 웅크리고 물길 위를 천천히 떠내려가고 있는 것 같았다. 시드는 자신이 불빛을 쫓는 오징어처럼 스테이지를 향하려 했던 까닭을 드디어 깨달았다. 찾았다. 내가 있을 곳. 경이를 체험하고 있는 것은 시드뿐만이 아니었다. 손을 뻗어 시드의 몸을 지탱하고 옮기는 관중 역시 놀라운 기분에 사로잡혔다. 올라선 지 삼십초도 되지 않아서 땅으로 떨어지고 마는 보통의 다이브와 달랐다.

이상한 일이었지만 시드의 몸은 갓난아기처럼 가볍고 부드러웠다. 그리고 그의 몸은 땀 대신 냄새 나지 않는 물파스라도 묻어 있는 것처럼 시원했다. 시드의 근처에 있던 모든 관중이 그에게 손을 뻗고 싶어했다. 지금 연주되고 있는 곡이 특별하기 때문만은 아니었다. 그들은 누구라고 할 것 없이 시드로부터 신성을 느꼈다. 이 녀석은 진짜배기야. 로니의 눈은 틀리지 않았다. 당연하지. 이 녀석은 전생에 진짜 시드 비셔스였으니까.

"보이, 이 곡을 좋아하나?"

스킨헤드가 물었다. 로니는 눈도 뜨기 힘들 정도로 뭇매를 맞은 직후였기 때문에 대답하기 곤란했다. 누군가 로니의 입에 담배를 물리고 불을 붙였다. 말보로 레드였다. 역시나. 그것은 로커의 담배였고 로니 역시 말보로 레드를 피웠다. 로니는 깊숙하게 연기를 빨아들였다. 그러자 방금까지 폭격이 쏟아지는 듯한 소리만 들리던 귓속으로 에디의 기타 솔로가 파고들었다. 로니는 피떡이 된 눈을 억지로 뜨고 달 가까운 곳으로 승천하는 리프트를 바라보았다. 멋지군. 내가 원하던 광경이야.

"방금 좋아졌습니다."

스킨헤드가 고개를 끄덕였다. 그럴 줄 알았다는 듯이.

114

그리고 그는 아주 낮고 작은 목소리로 말을 했는데 그 소리가 로니에게는 또렷했다.

"이제 마저 맞자."

리프트가 높이 솟아오른 직후 에디는 이 허공을 부유하는 발코니에 매달린 크레이지 코리안을 발견했다. 그는 예정에 없던 비상사태에 당황했다. 당장 사람이 죽게 생겼다. 공연을 멈춰야 해. 더군다나 지금 떨어지면 밑에 있는 팬들도 무사하지 못할 것이었다. 그러나 그에겐 마이크가 없었다. 가진 것이라고는 깁슨 레스폴 커스텀뿐이었다. 몇몇 관중도 상황이 이상하게 돌아간다는 사실을 눈치챘지만 정작 리프트를 조작하는 스태프는 정황을 파악하지 못했다. 에디와 존은 더 높은 곳을 향했다. 구해야 해! 일촉즉발의 상황이었다. 그러나 그는 망설일 수밖에 없었다. 믿기 어려운 일이지만 그는 지금 일생일대의 필에 젖어 있었다. 기타 지판과 손끝이 달라붙는 감각, 스피커로 출력되는 아름다운 사운드가 연주를 멈추지 못하도록 가로막았다. 찰나였지만 에디는 그야말로 생사의 갈림길에 서 있는 기분을 맛보았다. 어느 쪽을 선택해도 후회할 것 같다는 예감. 그리고 그는 기적적인 기지를 발휘했다.

에디는 몸을 낮추고 오른손을 뻗어 존에게 내밀었다. 존은 에디의 도움으로 리프트 위에 올라섰다. 절체절명의 위기 속에서도 존은 의구심을 떨칠 수가 없었다. 어떻게 기타 연주가 끊이지 않았지? 의문은 어렵지 않게 풀렸다. 존이 주섬주섬 안전한 위치로 올라오는 동안 이 세계적인 기타리스트는 왼손가락만을 사용해서 지판을 누르고 당기는 태핑 주법을 사용했던 것이다. 기막힌 순발력이었다. 기타의 톤이 갑작스럽게 바뀌는 부득이함이 따랐지만 관중은 이 무대를 위한 특별한 편곡이라 여겼고 심지어는 그 연주마저 아름다웠다. 공연이 끝나고 며칠 뒤에 있을 인터뷰에서 에디는 만약 죽기 직전에 떠오를 것 같은 장면이 하나 있다면 바로 그 순간일 것이라 회고한다. 그리고 그는 머지않아 캘리포니아의 한적한 도로변에서 호세 곤살레스라는 얼뜨기 히트맨의 총격을 받고 사망한다. 머리와 가슴을 각각 한발씩 관통당하고 마는데 즉사해버리는 통에 주마등이 스치거나 속 편하게 회상 따위를 할 틈도 없었을 것이다. 하지만 팬들은 상상한다. 그가 죽는 순간 떠올렸을 정경을. 소년 하나를 달고 밤하늘의 발밑까지 올라 달빛을 받으며 연인과의 추억이 담긴 곡을 연주하는 에디 리의 심정에 관해서 말이다.*

신화는 여전히 폭거다. 그러나 모든 폭거가 신화가 되지는 않는다. 그렇다면 신화가 되는 폭거는 무엇인가. 신내지는 반(半)신, 영웅이 일으켰거나 혹은 그에게 일어나는 폭거일 때야만 비로소 신화는 탄생한다. 그러므로 밴드 우드스톡의 폭거는 시작부터 무의미했다. 그들은 주인공이 아니었다. 술에 취해 객기를 부린 한 무리의 고등학생일 뿐이었다. 존의 기행은 그나마 세계적인 한 밴드가록 음악사에 남길 전설적인 퍼포먼스의 양념이 되었다. 리프트에 매달린 어글리 코리안의 모습이 담긴 영상이 유튜브에서 조롱 섞인 화제가 되었을 뿐 존과 우드스톡에게 어떠한 영광도 돌아가지 않았다. 무사히 지상으로 내려온 존은 경호원들에게 들려서 손수 페스티벌 입구까지 모셔져 퇴장당했다. 법적 처벌을 묻지 않은 것은 순전히 에디의 호의 덕이었다.

그로부터 일주일 뒤 우드스톡은 합주실에 모였다. 로니는 팔에 깁스를 하고 전신에 골고루 붕대를 두른 모습으로 나타났다.

"그 순간을 봤어야 해, 형제들. 그 배스터드들을 내가

---

* 에디 리와 그의 밴드 그리고 음악에 관해 해럴드 사쿠이시(Harold Sakuishi)의 저서 『BECK: Mongolian Chop Squad』를 참고했음을 밝힌다.

어떻게 제압했는지를 말이야. 정말이지 끝내주는 밤이었다구."

로니는 평소보다 들떠서 영웅담을 늘어놓았지만 그의 형제들은 별다른 반응을 보이지 않았다. 심지어 그의 열렬한 추종자였던 존마저도 로니를 심드렁하게 바라볼 뿐이었다. 늘 웃는 얼굴로 로니의 얘기를 들어주던 빌리의 눈동자에 슬픈 기색이 어려 있었다. 다만 꺼져가는 목소리로 이렇게 답할 뿐이었다. 그래, 끝내주는 밤이었지.

연습이 시작되자 우드스톡은 깜짝 놀라고 말았다. 합주가 엉망이었다. 순전히 시드 때문이었다. 시드는 코드를 바꾸고 스트로크를 하는 박자를 단 한소절도 제때 맞추지 못했다. 평소에도 실력이 형편없긴 했으나 유독 심각했다. 억지로 연주를 이어가던 시드는 넥을 잡고 기타를 바닥에 패대기치기 시작했다. 기괴한 소리가 스피커에서 흘러나왔다. 시드는 새빨개진 얼굴로 기타를 사정없이 휘둘렀다. 워낙 근력이 약한 탓에 기타는 속 시원하게 부서지지도 않았다. 시드는 분노를 주체하지 못했다. 그날 그는 어느 때보다 연습을 많이 해 왔다. 그럼에도 불구하고 오히려 실력이 뒷걸음질 친 이유를 알 수 없었다. 어쩔 수 없는 일이었다. 그가 전생에 시드 비셔스였기 때문에 음악에 소질이 있을 리 만무했다.

지친 시드가 기타를 손에서 놓았다. 로니가 입을 크게 벌린 채 시드를 바라보고 있을 때 존이 입을 열었다.

"그만둘래."

로니는 존에게 고개를 돌렸다. 존은 로니의 눈을 똑바로 쳐다보았다.

"모던 록이 좋아."

상황을 이해할 수 없었다. 로니는 평생 기르던 반려동물이 이제 나의 별로 돌아갈 때가 왔어,라는 말을 남긴 채 창문 밖으로, 달나라로 아주 날아가버리는 뒷모습이라도 목격한 듯한 얼굴을 하고 얼어붙었다. 한가지 깨달은 사실은 이들이 더이상 자신의 형제로 느껴지지 않는다는 것이었다. 그래, 형제. 자신의 목줄을 단단히 동여맬, 폭풍이 와도 꺾이지 않을 단단한 나무. 그런데 어느 날 뒤돌아보니 나무에 불이 붙어 타오르고 있다. 로니는 덜컥 겁이 났다. 홀로 남겨진 것 같아서였다. 화가 끓어오른 로니는 앞에 있던 마이크 스탠드를 발로 쳐서 쓰러트렸다. 스탠드에 꽂혀 있던 마이크가 바닥에 부딪히면서 둔탁하고 짧은 하울링이 스피커를 통해 튀어나왔다.

"씨팔, 바른대로 지껄여 봐. 대체 내가 몰매를 맞고 있을 때 뭘 하고 있었지? 너희들 전부!"

빌리가 베이스 기타를 연주하기 시작했다. D코드로 시

작해서 A로, 그리고 Bm와 G로. 아주 평이한 템포로 반복해서, 차분하게 오른손 검지와 중지로 베이스 줄을 번갈아 퉁겼다. 로니는 모르는 밴드의 모르는 곡이었지만 존은 알고 있었다. 그것은 유투의 '위드 오어 위드아웃 유'였다. 빌리가 연주를 멈추고 눈웃음을 지어 보였다. 빌리의 눈가가 젖어 있단 사실을 세 소년은 알아차렸다.

"난 셀폰을 잃어버렸어. 사랑이 시작됐고 끝이 났지. 그녀의 여자친구가 그녀를 되찾아갔거든. 결국 셀폰을 찾지는 못했어. 그게 전부야."

"달 밑에 있었어."

로니가 제정신을 차리기도 전에 시드가 입을 열었다. 시드는 손가락으로 존을 가리켰다.

"저 녀석이랑."

로니는 아주 느린 속도로 존에게 고개를 돌렸다. 그러나 존은 로니를 바라보지 않았다. 존은 자신을 가리킨 손을 거두지 않은 시드의 눈동자를 똑바로 응시하고 있었다. 존은 생각했다. 평생 저 눈빛을 잊지 못할 거야.

리프트에 매달린 직후 존의 눈에 가장 먼저 보인 것은 로니였다. 스킨헤드가 로니를 땅바닥에 내리꽂았다. 존은 놀라지 않았다. 그럴 수 있다. 존은 빌리를 발견했다.

빌리는 한 여자와 블루스 타임을 갖고 있었다. 그래, 그럴 수도 있다. 그리고 시드를 바라봤다. 시드는 팔을 좌우로 벌린 채 눈을 감고 군중들에게 몸을 맡기고 있었다. 성스러운 광경이었다. 신도들이 십자가에 못 박힌 성자를 옮기는 것처럼 보였다. 그때 시드가 눈을 떴다. 시드의 눈에 달이 들어왔다. 그리고 허공에 매달린 존을 발견했다. 먼 거리였지만 존은 시드의 눈동자를 들여다볼 수 있었다. 심지어는 눈동자 안에 비친 달도 보였는데 단지 술에 취했기 때문만은 아니었다. 그날 밤은 기적이 허락된 밤이었다. 시드는 미소 지으며 존에게 가운데 손가락을 들어 보였다. 존은 이제 아무것도 믿을 수 없었다. 그리고 어떤 것도 믿을 수 있었다. 그야말로 찰나의 폭거였다. 존의 개인적인 신화는 그럴듯한 숭배 대상도 메시지도 없었다. 그러나 무슨 의미인지는 몰라도 이해할 수 있는 말이 존재하는 것처럼 존은 무엇인가를 깨달았다. 마치 한번 죽고 다시 태어난 듯한 감각이었다. 그게 어떤 의미인지 남은 물론이고 자기 자신에게도 설명할 수 없을 테지만 태어나서 처음으로 태어난 일에 감사했다. 잠시 후 존은 리프트 위에 올랐다. 모든 일이 끝이 나고 기계장치가 밑으로 향하고 있을 때 에디가 말을 걸었다.

아 유 오케이, 보이?

암 낫 오케이. 벗. 암 오케이.

존과는 무관한 신화가 된 기타 히어로가 웃어 보였다.

아이 노우. 댓츠 쿨, 맨.

합주실 안에 흐르는 정적이 우리를 짓눌렀다. 전혀 새
로운 중력처럼. 벽 너머로 다른 팀이 연주하는 소리가 강
건너에서 열린 페스티벌의 음악처럼 들려왔다. 빛을 잃고
우뚝 선 우드스톡은 마치 폐장한 유원지의 대관람차 같았
다. 가장 먼저 밖으로 나선 것은 나였다. 여기까지가 내가
겪은 신화의 전말이다.

이것 봐. 이제 세상에 불가능은 없어.

짧은 코멘트와 함께 업로드된 한 영상이 전세계 음악
팬들을 충격에 빠뜨렸다. 어둡고 비좁은 스테이지에서 중
년의 두 백인 남자가 기타를 연주하며 흘러간 유행가를
사이좋게 부르는 영상이었다. 특기할 만한 것은 없었다.
그 둘의 정체가 오와 비라는 사실을 빼놓는다면 말이다.
스너프 필름이야? 저 둘이 언제 테러리스트에게 납치당
했지? 화면 밖에서 총부리를 겨누고 있을 거야. 마지막엔
둘 다 머리통이 뚫릴 테고. 그렇지 않아? 그게 아니라면,
맙소사, 있을 수 없는 일이잖아! 올라잇. 인류의 기술력이
여기까지 왔단 말이군. 합성한 티가 전혀 나질 않네. 알겠
으니까 그만둬. 이런 농담 재미없어. 이것이 오와 비의 듀
오를 접한 리스너들의 보편적인 반응이었다. 그러나 SNS

상에 연달아 포스팅되는, 각자 다른 업로더의 영상과 생생한 증언이 담긴 메시지들이 이 일이 실제 상황임을 끈질기게 증명했다. 결국 화면을 통해 이 기적적인 공연을 지켜보던 이들은 이렇게 중얼거리는 것 외에 별다른 도리가 없었다. 도대체 여기 어디야? 그곳은 오의 나라도 비의 나라도 아닌 변방의 소국, 그곳에서도 수도에서 차로 반나절을 달려야 닿을 수 있는 낙후된 도시의 어느 지층 바였다. 바의 이름은 K.

BAR-K의 입구는 허름하기 짝이 없었으나 은근하게 새어 나오는 기품을 숨기지 못했다. 순전히 발밑에서부터 피어오르는 음악 덕이었다. 그 음악이란 메인스트림 팝에 조금이라도 소양이 있는 사람이라면, 어라, 이 노래가 왜 나와? 하는 마음으로 걷는 속도를 늦출 만한 것들이었다. 빗대자면 엘비스가 나올 대목에서 클리프가 나온다거나 마이클 말고 프린스를, 너바나를 틀어놓을 바에는 펄 잼을, 용필 대신에 영록을 선곡하는 미묘함이었다. 대중적이라고도 매니악하다고도 비난하기 힘든 플레이리스트. 알 만한 사람은 알긴 할 건데 모르는 사람은 모를 법도 한 절묘한 사각의 파퓰러 넘버들. 이런 곡들이 한데 묶여서 흘러나오는 장소를 외면하기란 어떤 이들에게는 쉽지 않은 일이었다. BAR-K는 동네에서 나름대로 명소로 불렸다. 특별히 유명한 관광지가 아니었기 때문에 매상은 고만고만했으나 어떤 부류에게는 열광적인 지지를 얻었다. 극소수 백패커는 배교자의 성지라며 과장되게 일컬었다.

제격이군. 가죽 재킷의 옷깃을 세우며 오가 지하로 내려갔던 것도 BAR-K의 독특한 아우라 덕이었다. 바 테이블에 앉아 올드 패션드를 마시던 비가 오에게 인사를 건넨 것도 순전히 바가 지닌 기품 때문이었다고 할 수 있다. 그들이 스테이지에 오르기 불과 한시간 전이었다.

맙소사. 이런 곳에서 만나다니. 우린 몸을 숨길 데가 이다지도 없군. 지난 그래미 애프터 파티에서 마주치고 처음인가. 비가 알은척을 해오자 오는 이마를 찡그러뜨렸다. 무슨 소리야. 그런 퀴어 퍼레이드 같은 곳엔 참석한 적이 없는데. 비는 오의 대꾸는 듣지도 않고 바텐더를 불렀다. 내 오랜 친구에게 나와 같은 것을 줘요. 오는 웃음을 터트렸다. 이것 봐라? 아주 좆같은 걸 다 먹이는군. 오는 바텐더가 자기 앞으로 올드 패션드를 타 올 때까지 기다렸다가 나지막하게 하이네켄을 주문했다. 바텐더는 이건 어떻게 할까요, 하는 표정으로 자기 손에 들린 잔을 바라봤다. 개나 줘버리라지. 오의 말을 들은 비가 아주 즐겁다는 듯이 굴었다. 마침 내 잔이 비었어요. 비는 반쯤 남은 잔을 단숨에 비워버렸다. 바텐더는 비에게 새것을 내어주고 빈 잔을 치웠다.

오와 비는 생각에 잠겼다. 기이했다. 아무도 자신을 알아보지 못할 만한 장소를 찾아 헤매다 도착한 곳에서 가장 마주치고 싶지 않은, 서로를 절대 이해할 수 없는 상대와 마주치다니. 이 이상 지독한 농담도 없겠지. 새삼 기세등등한 싸움을 시작하기에 그들은 조금 늙고 지쳤다. 이미 지난 시대의 이야기였다. 그러나 먼저 꼬리를 말고 도망치지 않을 만큼은 자존심과 기운이 남았다. 오와 비가 자리를 함께할 기회는 다시 오지 않을 것이다. 이쯤에서 매듭을 짓는 게 좋겠지.

어색하게 가라앉은 분위기를 뚫고 비가 짐짓 과장된 어조로 오에게 말을 걸었다. 이봐, 친구. 저길 보라구. 아시안 넷이 시시덕거리고 있는 저 테이블 말이야. 한참 전부터 저들을 지켜봤어. 남자 둘이 먼저 왔고 여자들이 나중에 도착했지. 구면은 아니야. 저들은 홀의 트랙이 다섯 번이나 바뀔 동안 서먹해하다가 지금 막 서로에게 편해진 참이거든. 남자 한명이 심각한 얘길 시작한 모양이야. 표정들 좀 보라구. 코흘리개 시절부터 기르던 반려동물이라도 잃어버린 것처럼. 가엾게도. 하지만 내 생각에 저 친구는 본심이 따로 있어. 알 것 같지 않나? 바텐더가 하이네

켄을 오의 앞에 놓았고 오는 그것을 단숨에 비울 기세로
들이켜기 시작했다. 여자들로부터 위로받기 쉬운 포즈를
취하고 있을 따름이야. 어른은 밤을 어떻게 보낼까 고민
하지. 죽을 때까지 말이야. 저치 옆자리에 앉아 험상궂은
얼굴로 머드셰이크를 홀짝이는 친구는 오늘 땡잡았군. 속
으로 응원하고 있을걸. 내 친구 잘한다! 하지만 여자들도
바보는 아니야. 그럴 리 없지. 저들도 어른이야. 알고 있
어. 알고 있는 거야.

언젠가 공석에서 말한 적 있지? 빈 잔을 테이블 위로
큰 소리 나게 내려놓고 오가 입을 열었다. 니가 구제 불능
의 변태 새끼라고 말이야. 아니라고 해봐. 한잔 더! 내가
옳았어. 오늘에야 확실해지는군. 기자들을 불러야겠어.
지금 당장 전용기를 띄워주면 그걸 타고 이곳에 얼굴을
비출 스톤지나 빌보드지 기자가 몇이나 있으려나. 모르긴
몰라도 아주 햇병아리 녀석들로만 한놈씩 올 테지. 애새
끼들 고무줄놀이 같은 디스코 음악이나 듣고 자란 꼬마들
로 말이야. 알아듣겠어? 저들이 오늘 밤 테트리스를 하든
집 밖을 뛰쳐나간 게 자전거 탄 ET든 간에 니가 신경 쓸
바가 아니란 말이야. 지난 시절의 난 어땠지? 넌 어땠냐
구. 온갖 가십과 스캔들, 참견에 시달리던 그 시절이 그리
운 모양이군. 너와 나를 사이에 두고 일어났던 소모적인

싸움들 말이야. 정신을 못 차렸어. 도무지 배운 게 없다구. 네놈이랑 대화를 나누기는 처음이지만 내 진즉에 알아봤지.

비는 이상하다는 얼굴로 오를 바라봤다. 그러나 미소를 지우지는 않았다. 자네한테 이런 얘길 듣다니. 장난이 심해. 왜 이래, 알잖아? 본심을 말해. 내가 모르는 사이 오스카라도 수상한 거야? 심각하게 구겨놓았던 이맛살을 풀면서 오가 재채기처럼 웃음을 터트렸다. 네놈이 지껄이는 빤한 얘길 참을 수 없었을 뿐이야. 제대로 살피라구. 그래야 알 수 있어. 잘 봐. 지금 막 울음을 터뜨린 놈의 등을 옆에 앉은 새끼가 두들겨주고 있잖아. 명백한 증거지. 저 둘은 게이야. 오와 비는 유쾌하게 낄낄댔다. 한잔 더! 한모금씩 목을 축인 뒤 그들의 대화는 흐름이 끊겼다. 부자연스러운 침묵이었다. 조금 더 취해야겠어. 그렇게 생각하며 오는 주변을 살폈다.

저걸 봐. 넌덜머리가 난 모양이야. 여자 둘이 자리를 떴어. 그리고, 어딜 가는 거야? 휘청거리면서 어깨동무를 하고 잘도 걷는군. 그런데 어째서 저런 곳에 계단이 있지? 고장 난 주크박스 옆 말이야. 출입구가 하나 더 있나? 비가 대꾸했다. 자네도 발견했군. 이상한 구조야. 저 어두운 구석에 위를 향하는 계단이 또 있다니. 가만 보면 마치 이 공간이 오래된 선박의 실내처럼 느껴지지 않나? 묵은 해수 냄새가 나는 목제 인테리어 하며. 저 계단을 오르면 갑판에 다다르는 거지. 오는 코웃음 쳤다. 그럼 저 위에서 볼 수 있는 것은 빌어먹게 쏟아지는 폭우와 약이 바짝 오른 기네스 색 바다뿐이겠군. 아무튼 말이야, 그들이 우리가 들어선 출입구가 아니라 굳이 멀리 홀을 돌아 저 계단을 택한 이유는 뭘까. 화장실도 다트판도 당구대도 이곳에 있다구. 우리가 상상할 만한 것은 모조리 이 공간에 존재한단 말이지. 알 수 있겠나? 뭐가 있을지. 우린 짐작도 할 수 없어. 안 그래?

난 알 것 같은데. 저치들도 큰일이군. 레즈비언이었어. 이제 삼십분 뒤에나 나타날걸. 장담하지. 선상 난교파티가 벌어지고 있어. 난리도 아니겠군. 배가 다 뒤집히겠네. 그런 시답잖은 얘기보다는, 저 세명 보여? 어디 말인가. 흑인들 말이야. 너무 까매서 보이지도 않는 모양이지. 친구, 말소리 낮춰. 이런 깡촌에서 바람구멍이 나기는 싫단 말이야. 겁쟁이! 잘 봐. 밀담을 나누고 있잖아. 가서 얻어와봐. 코카인이든 헤로인이든 아무거나. 많이 해봤을 거 아냐? 냉동고에서 갓 꺼낸 생선 같은 눈동자를 보면 알 수 있지. 안 그래? 자네, 생각보다 더 짓궂군. 그보다 그 선글라스 좀 벗지 않겠나? 충분히 어두운 곳이라구. 혹시 동공이 말랑말랑하게 풀려 있는 건 아닌가? 헛소리. 너 같은 약쟁이랑 같은 취급 하지 마. 그래? 이상하군. 내가 아는 쿠바 출신 딜러는 자네가 자기 브이아이피라고 하던데. 아하, 그 빌어먹을 스카 페이스. 하지만 너야말로 그 찐따 같은 빵모자 좀 벗어보지 그래. 누가 알아볼까봐 겁나? 그 말을 듣고 비는 웃었다. 사실 여길 오는 것은 두번째야. 맘에 들어. 여기 사람들은 나를 알아보지 못해. 알아도 모르는 척하는 거겠지만. 비가 오에게 가까이 몸을 숙여 비밀스럽게 말했다. 바텐더의 얼굴을 봤나. 예의 바르지만 무심해. 도대체 무슨 생각인지. 드문드문 나를 뚫어져라 볼 때가 있어. 내가 누구인지 알면서도 절대 알은척하지 않아. 아니야 이 미친놈아. 그냥 니가 별로 안 유명한 거야. 내가? 이런, 그래미를 몇번 더 받아야겠군. 장난을 쳐볼까? 무슨? 뭐든. 애새끼 같은 소리. 안달이 났구만. 군중 한가운데 외로워 보이는 꼬라지를 하고 눈에 띄고 싶어서 말이야. 왜 이래. 자네도 알잖아. 이런 포즈만큼 위로받는 일도 없다는 거.

그때 바 한구석이 밝아졌다. 밝아졌지만 아주 밝다고는 할 수 없는 명도로 무대가 드러났다. 앰프와 스피커, 마이크 스탠드, 단출한 악기가 준비된 비좁은 공간이었다. 듬성듬성 자리 잡은 손님들이 자그맣게 환호했다. 오와 비는 잔을 든 채 낯빛을 바꾸고 무대에 시선을 고정했다. 비가 중얼거렸다. 저기 있었군. 전혀 몰랐어. 잠시 후 그 위로 한 사내가 나타났다. 갈증을 느낀 오는 하이네켄을 한 모금 마셨다. 히스패닉이군. 히스패닉은 인사를 마치고 의자에 앉았다. 그리고 어쿠스틱 기타를 연주하기 시작했다. 젠장, 이 빌어처먹을 라티노가. 오가 얼굴을 손에 파묻었고 비가 자지러지게 웃기 시작했다. 내가 좋아하는 노래야! 나는 씨발 이 곡 싫어. 이러지 말라구. 자네의 첫 밀리언셀러 싱글이잖아. 제발 닥쳐. 나 같으면 기분 좋을 것 같은데. 자네가 이겼어. 헛소리. 여기는 아놀드보다 실베스터가 어울리는 곳이야. 우는소리도 할 줄 아는군. 이봐, 자넨 상상도 못할걸. 반평생 자네랑 비교당했어. 판매량이 어떻고 대중성이 어떻고 하면서 말이야. 오는 고개를 저었다. 됐어, 그런 건. 알잖아. 그런 건 됐다구. 비는 오의 말은 들은 체도 않고 중얼거렸다. 저 친구. 스카우트할까?

연주가 중단됐다. 높고 긴 하울링이 홀에 울려 퍼졌고 사람들은 귀를 막았다. 히스패닉은 침착했다. 잠시 후 관계자가 무대에 올랐다. 따로 사과는 없었다. 그는 음향기기를 대충 살핀 뒤 모습을 감췄다. 오와 비는 신경이 곤두섰다. 군은 얼굴을 숨기기 위해 얼른 쾌활함을 가장했다. 그러고 보니 니가 자랑하던 그 빌어먹을 고릴라 탈 쓴 친구들은 어디 갔지? 나의 밴드 메이트들 말이군. 탈을 너무 오래 썼나봐. 인간의 말을 잊어버려서 대화가 통하지 않게 돼버렸어. 자네야말로 그 자랑이던 가족 밴드는 어떻고. 화해는 했나? 말도 마. 땡스기빙에 모이지도 않아. 차라리 다행이지. 내 눈에 띄는 날이면 기관총으로 갈겨버릴 것 같으니까 말이야. 잠깐, 그러고 보니 예전에 자네 집에 히트맨을 보낸 적 있는데. 오는 마시고 있던 맥주를 밑으로 흘릴 정도로 웃었다. 뭐라고? 오는 웃는 낯으로 비의 얼굴을 살폈다. 비는 멀뚱하게 오를 바라봤다. 주소를 잘못 알려줬나? 오는 어이가 없다는 듯이 반응했다. 완전히 돌았군. 이거 왜 이래. 나는 자네 고향에 공연하러 갔다가 무대에서 석궁에 뚫릴 뻔한 적도 있다구. 그게 나랑 무슨 상관이야? 상관없다고? 아니잖아. 누가 그래? 나 아니야. 확신할 수 있어? 오는 고개를 저었다. 내가 시킨 거 아니야. 적어도 맨정신에는. 맨정신에는? 그래, 맨정신. 취해 있었겠지. 약이나 술에. 그건 내가 아니야. 나 참, 그럼 누구라는 거야.

공연이 재개됐다. 히스패닉 역시 음향 사고에 관해 사과하지 않았지만 단골들은 괘념치 않았다. 오와 비는 관심 없는 척 공연에 귀를 기울였다. 들어본 적이 없는 곡이 흘러나왔고 그들은 신경을 껐다. 이봐, 내가 재밌는 얘기

하나 해주지. 알 만하군. 뭘 알아? 친구, 장담하지. 재밌는 애기라 장담하고 시작하는 말 치고 재밌는 애기는 없단 걸. 내가 그랬나? 그럼 존나 재밌는 애기를 해줄 테니까 입 다물고 들어. 어릴 적에 동네 어중이떠중이들을 긁어 모아서 수영을 하러 간 적이 있어. 근처에 존나게 큰 호수가 있었거든. 그곳에 빠져 뒈진 놈들이 아마 니가 웸블리 스타디움에서 동원한 관객보다 많을 거야. 과장이 심하군. 입 다물고 들으라니까. 아무튼 그 패거리에 나보다 몇 살인가 많은 녀석이 있었는데 죽이 잘 맞았지. 음악을 시작할 때 그치의 영향을 받았을 정도로. 흥미롭군. 지금 그 사람은 무얼 하지? 글쎄. 소문으로는 캘리포니아에서 롤을 만다던가. 그거 대단하군. 아무튼 호수에 들어갔다고. 나랑 그 녀석이 제일 먼저 말이야. 경쟁하듯이. 가장 빨리 가장 깊은 곳으로 향했어. 그런데 여기서 웃긴 점은 나나 그나 수영을 전혀 할 줄 몰랐단 거야. 그래서 갑자기 발밑이 뚝 꺼졌을 때는 씨발, 다시는 물가에 가지도 말아야지, 하는 생각이 들었지. 그래도 그때까진 웃고 있었어. 웃을 수 있었다구. 조금만 허우적거리면 발이 닿는 곳으로 돌아갈 수 있는 위치였거든. 그런데 그 자식이 겁을 집어먹고 내 머리를 누르기 시작한 거야. 저 살겠다고 말이야. 그 때 생각했지. 다시는 물가에 가지도 말아야겠다고. 잠깐,

그 말 조금 전에 한 것 같은데. 맞아. 그 생각이 두번 들었거든.

결론을 말하자면, 우린 살아남았어. 각자 물을 양동이 한통씩 가득 채울 만큼 토했지만 말이야. 우리 꼴을 보고 다른 놈들은 자지러지게 웃더군. 재롱이라도 떠는 줄 알았던 모양이야. 아무튼 그 많은 양을 게워내고 옆을 살폈는데 녀석이 하얗게 질려서 나를 가만히 쳐다보더라고. 그러더니 별안간 웃어젖히기 시작했어. 얼마나 약이 오르던지. 그래서 내가 어떻게 했는지 알아? 마주 웃어버렸어. 얼굴이 새빨개지도록 말이야. 아무래도 물을 너무 마셨는지 웃음밖에 안 나오더군. 의외인데. 자네라면 흠씬 두들겨 팰 줄 알았는데. 물론 그 녀석 덩치가 나보다 컸던 것도 이유지만 사실은 그다지 화가 나지 않았어. 이러니저러니 해도 죽을 것 같진 않았거든. 나는 작년까지만 해도 내가 영원히 살 거라 믿었으니까. 말하자면, 살 만했어. 살 만했으니까 웃고 넘겼지. 무슨 얘긴지 알겠어? 알 것 같아. 딱 우리 짝이군. 맞아. 좋았어. 좋을 때였잖아. 하지만, 역시 그다지 재밌는 얘기는 아니군. 비는 마지막 말을 속으로 삼켰다. 오가 그 사실을 모르고 꺼낸 이야기가 아님을 알았기 때문이다.

오와 비는 침묵했다. 그사이 계단 위로 사라졌던 여자

둘이 삼십분 만에 나타났다. 그녀들이 내려오자 아프리칸 아메리칸 셋이 계단을 향해 움직였다. 남아 있던 아시안 남자 둘이 서로의 몸을 더듬으며 키스를 했고 MTB 자전거를 들쳐 멘 ET가 등 뒤를 지나쳤지만 오와 비는 그 광경을 모조리 놓치고 말았다. 리넨으로 잔에 묻은 물기를 닦는 바텐더만이 그들의 모습을, 생각에 잠긴 오와 비를 포함해 바에 있는 모든 이들의 면면을 무심하게 훑어볼 따름이었다. 오와 비가 공연을 시작하기 대략 이십분 전이었다.

두 사람이 침묵을 깬 것은 히스패닉이 마지막 곡을 연주할 때였다. 세상에, 이러지 말자구. 비가 고약한 냄새라도 맡은 듯한 얼굴을 했고 오가 시끄럽게 웃음을 터트렸다. 텔레파시가 무사히 도착했군. 내 신청곡이 나오고 있어! 아까 얘기했던가? 저 친구 내 마음에 쏙 들어. 그럼 자네가 데려가. 저 친구, 해고야. 오는 맥주잔을 든 채 비의 히트송을 열렬히 따라 불렀다. 기타 솔로 파트마저 한 음도 틀리지 않고 입으로 따라서 소리를 냈고 비는 그 모습을 발개진 얼굴을 하고 웃으며 쳐다봤다. 그들은 잔을 부딪쳤다.

터놓고 말하자면, 나도 마찬가지야. 히스패닉의 무대가

끝나자마자 비가 한 말이었다. 뭐가? 그래미 말이야. 애프터 파티에 참석 못했다고. 퇴짜 맞았어. 완전히 뒷방 늙은이 취급이더군. 가드가 날 막아서더라니까. 농담 마. 진짜야? 그래, 정말이야. 더 유명한 사람을 원한다더군. 내년에 보자고 하더라고. 씨팔, 그건 아니야. 정말 아니라고. 그래선 안 돼. 네놈이 못 말리는 찐따인 것에는 백번 천번 동의하지만 그런 취급 받을 수준은 아니야. 명예의 전당에 오르거나 플래티넘 앨범도 만들어본 적 없는 녀석들이 뭘 안다고 그럴 수 있지? 그들은 아무것도 몰라. 우리가 얼마나 더 브이아이피여야 할까. 글쎄, 아무튼 히트곡 하나가 더 필요한 모양이야. 그래, 젠장, 작업을 새로 시작하자구. 그래. 해야지. 할 거야. 내년에 할 거야, 내년에. 그런데 이것 하난 깨닫게 되더군. 우린 맛탱이가 갔어. 우리라니. 너만 그래. 난 아니야. 그런 것 같아? 됐어. 뒤처진 것은 너로 충분해. 기분 우중충하게 만들래? 망할 자식들. 신경 쓰지 마. 그리고 난 못 간 게 아니라 안 간 거야.

당신들이 누군지 알아. 오와 비는 놀란 얼굴로 뒤를 돌아봤다. 그곳에는 히스패닉이, 방금 무대에서 내려온 그가 있었다. 히스패닉은 오와 비를 노려봤다. 비는 옆으로 한칸 움직여 자리를 내어줬고 히스패닉은 오와 비 사이에 앉았다. 오가 히스패닉에게 내줄 테킬라를 주문했다.

이 바의 슬로건을 알고 있어? **아는 일은 모르느니만 못하다.** 히스패닉이 술잔에 맺힌 물기를 손끝으로 닦았다. 하지만 모른 척할 수가 없군. 당신들은 이래선 안 돼. 함께 있어선 안 된다구. 그리고 술을 들이켰다. 오와 비는 아무런 대꾸도 하지 않았다. 히스패닉이 하는 소리를 도통 알아들을 수 없었지만 어쩐지 알 것도 같았다.

아니, 당신들은 아무것도 몰라. 뭘 모르냐면, 내겐 동생이 하나 있었어. 내 말은 동생이 지금은 없단 뜻이야. 따돌림을 견디지 못했지. 처음엔 사소한 문제에 불과했을 거야. 그야 그 녀석이 눈치가 없고 뚱보에다 싸가지도 없어서 나한테 맞기도 많이 맞았지만, 그래, 눈엣가시였겠지. 당신들은 그저 계기였어. 하지만 당신 둘을 둘러싼 아이들 간의 싸움은 도를 넘었어. 모른다고 하지 마. 그때 우리에겐 그게 신앙이었으니까. 단지 동생의 종교와 동생이 속한 무리의 리더가 믿는 신이 달랐다는 게 비극이라면 비극이겠지. 잘 모르겠어. 내가 어떻게 하면 좋을지. 그래도 당신들이 이러고 있어서는 안 된단 것만은 알겠어. 하나 물어보지. 부처를 용서하는 예수에 관해 들어본 적 있어?

히스패닉은 울음을 터트렸다. 비는 그의 등을 두들기며 오에게 눈짓을 보냈다. 오는 이맛살을 찌푸렸다. 유감이군. 정말 안된 일이야. 그런데, 이봐. 아까 당신 무대를 보았는데, 바로 여기에서 우리가 말이야. 좋더군. 아직 완성됐다고 할 수는 없지만 인상적이었어. 자작곡이 있다면 들어보고 싶을 정도로. 진심이야. 이걸 가져가. 내 폰 넘버야. 생각이 있으면 연락하라구. 오는 히스패닉의 호주머니에 쪽지를 집어넣었다. 히스패닉은 흐느낌을 멈추고 자리에서 일어났다. 그의 얼굴은 어두운 조명 밑에서 보기에도 심각할 정도로 새빨개져 있었다. 취기나 모욕으로 인한 것인지 고양감에 상기된 혈색인지 알 수 없었다. 히스패닉은 자리를 뜨기 전에 오와 비에게 이렇게 말했다. 사인은 받지 않겠어. 멀어지는 그의 등을 보면서 촉촉해진 눈으로 비가 입을 뗐다. 누가 봤으면 나더러 게이라고 했겠군. 오는 답하지 않았다. 의문에 빠졌기 때문이었다. 그러니까 결국 우리 둘 중 누가 예수라는 거지? 오가 이런 고민을 하고 있을 때 비는 자살했다는 소년이 믿은 신이 오였을지 비였을지 궁금해했다. 말하자면 둘은 완전히 같은 생각에 골몰했다.

이런 일이 다 있군. 이런 곳에서 만나다니. 누가 누굴? 저 친구가 우릴. 오는 히스패닉이 남기고 간 테킬라 잔을 바라보며 성의 없이 대꾸했다. 비는 우울한 얼굴을 하고 고개를 가로저었다. 알 수가 없는 노릇이야. 뭐가. 아는 일은 모르느니만 못하다는 말. 그게 어때서. 그럴싸해. 하지만 그렇다고 한다면 우리는 뭘 안다고 할 수가 있느냐는 거지. 무지를 표방하는 일이 앎보다 정말 나은 태도라면 우리는 결국 세상을 이해하려 들지 않을 게 아닌가. 비트겐슈타인이 이런 말을 했지. 말할 수 없는 것에 관해서는 침묵하라. 하지만 그는… 그런 찐따 같은 얘기는 니 가사에나 집어처넣어. 난 아는 건 안다고 하고 모르는 건 모른다고 말할 거니까. 친구, 바로 그런 무지함이 내가 자네를 혐오하는 이유야. 독설이랍시고 욕 좀 섞어서 늘어놓으면 똑똑하고 멋있어 보이는 줄 아는 그런 착각 말이야. 공교롭군. 난 네놈이 타고난 멍청함을 숨기려고 말을 자꾸 꼬아놓거나 늘어뜨리는 꼴이 역겨웠거든. 입 닥치는 게 좋을 거야. 얻어터지기 싫으면. 비가 혐오스러운 눈빛으로 오를 쏘아보았다. 선글라스에 가렸지만 오는 눈을 치뜨고 있었다. 놀랍군. 그런 말도 할 줄 알고. 난 니가 이제까지 게이인 줄 알았거든. 그래? 난 자네가 나랑 한번 하고 싶어하는 줄 알았는데. 오가 실소를 했다. 내가 미쳤지. 무슨 꿀을 발라놓았다고 이런 불쾌한 자리를 지키고 있던 거야. 내가 할 말이야. 미친 건 나였어. 자네가 정말 싫어. 아무도 우릴 눈치채지 않았으면 좋겠는데. 진심으로 말이야. 바랄 걸 바라. 하지만 여기 사람들은 알아도 모르는 척한다잖나. 그러니까 그딴 개소리를 왜 믿는 건지 모르겠다고. 지금이야 독특한 척 고상하게 앉아 있지만 내일 회사 동료나 친구를 만날 때마다 이렇게 말하겠지. 이봐! 내가 어제 뭘 봤는지 알아? 오와 비가 함께 술을 마시더라니까! 아하, 이런 주정뱅이 같으니. 코를 비틀어버리겠어. 뭐 이런 얘기들. 기분 나쁘군. 원치 않는 스캔들이야. 하지만 이런 질 낮은 농담 같은 이슈쯤이야 잊히는 건 일도 아닐 테지. 물론이지. 시간문제야. 결국에는 아무 일도 일어나지 않은 거나 마찬가지가 되는 거야. 오늘 밤에는 말이야.

오와 비는 그 사실에 진심으로 속이 상했다. 그리고 완전히 취기가 올랐다.

진짜로 해볼까? 뭐를? 장난 말이야. 자네 말마따나 애새끼처럼 굴어보잔 말이야. 눈에 띄고 싶어서 안달이군. 물론이야. 어른은 밤을 고민하지만 아이는 더 위대한 고민을 품기 마련이니까. 그리고 우리처럼 철없는 사람도 없지. 생각해봐. 저기 무대가 있어. 그리고 같은 공간에 오가 있고 비가 있지. 그게 무얼 뜻하는지 모르겠나? 알아도 모르는 척하라며. 그래. 하지만 이유를 몰라도 하게 되는 일투성이라네. 무얼 알고 모르고는 결국 대단치도 않은 일이야. 그렇게 생각하지 않나. 멍청하긴. 그러니까 내가 아까부터 그 말을 하고 있잖아. 지금 이 바에 있는 사람들은 죄다 복권에 당첨된 격이군. 일평생 일어나지 않을 기적 같은 광경을 보게 될 테니까. 오는 선글라스를, 비는 모자를 벗고 무대로 향했다. 그들은 기타를 들고 마이크 스탠드 앞에 섰다.

"담소를 나누는 중에 소란을 피워서 대단히 죄송합니다."

"나는 오고 이 친구는 비야. 우릴 모른다고 하진 않겠지?"

BAR-K는 혼란에 빠졌다. **아는 일은 모르느니만 못하다.** 오와 비를 아는 사람은 이 둘을 안다고 하기 곤란했다. 적어도 이 장소에서는 말이다. 그러나 모른다고 하기에 오와 비는 너무도 대단한 뮤지션이었다. 둘은 앙숙이기로 따지면 영국과 프랑스보다도 더하기로 유명했다. 그런 두 사람이 함께 무대에 선 장면을 무시하기 힘들었다. 반면 오와 비를 모르는, 상대적으로 소수인 사람들은 다른 까닭으로 당황했다. 이 공간에서 아는 일에 대해 모르는 척해왔다면 적어도 모르는 일에 관해서는 아는 척이라도 해야 할 것만 같은 이상한 딜레마에 빠진 것도 이유라면 이유였다. 하지만 그보다는 물러설 수 없다는 태도로 자신들이 누군지 아느냐고 물어오는 두 사람의 기묘한 열의가 그들을 복잡한 심경으로 만들었다. 모른다고 하지 마. 부탁이야. 그래서 그들은 서로의 눈치를 열렬히 살폈다.

"오늘 우리는 우연히, 그 어떤 약속이나 조짐도 없이 이곳에서 마주쳤어. 이게 무슨 의미인지 알겠어? 친구들."

"여러분들이 우려하던 것처럼 우리 사이는 나쁘지 않 았어요. 막상 만나고 보니까 말이에요. 그렇지?"

"맞아. 나쁘지 않아. 정말 바보 같은 시절이었지."

오가 너털웃음을 터트렸다.

"그래서 우리는 오늘 이 만남을 기념하기 위해 자그마 한 무대를 꾸며보려 합니다."

호응은 미미했다. 몇몇 사람이 스마트폰을 꺼내 들었 지만 오와 비는 눈치채지 못했다. 오와 비는 이제 발을 뺄 수도 몸을 숨길 데도 없었다. 굳은 얼굴로 두 중년 뮤지션 이 공연을 시작했다. 오와 비는 번갈아가면서 그들의 흘 러간 명곡들을 불렀다. 그들은 마치 상대의 곡이 자기 것 인 듯 자연스럽게 연주하고 목소리를 겹쳤다. 언젠가 이 런 순간이 오지 않을까 내심 기다렸던 것처럼, 오와 비가 느끼기에 공연은 환상적이었다. 하지만 관객석의 분위기 는 무거웠다. 예상 밖이었다. 내심 두 사람이 기대하던 광 경과 달랐다. 자신들의 시대가 지나갔다고 말하면서도 한 편으로는 믿었다. 사랑받을 수 있으리라고. 아직은 그럴 자격이 있다고. 그들은 마치 무명이었던 시절로 돌아간 듯한 더러운 기분으로 공연을 이어갔다.

"아마 다시는 이런 순간이 오지 않겠죠."

"멍청아. 모든 순간이 그래."

"그래 맞아. 무대에 선 게 얼마 만인지 모르겠습니다. 기회가 없었다고 하기보다는, 무서웠거든요. 잊혔을까봐."

"난 그런 걱정 안 했어."

"알겠어, 알겠다구. 아이러니하게도 그런 생각이 들었습니다. 우리가 가장 빛나던 그 시절 말입니다. 결국 나를 지탱해줬던 것은 몸이 깨져라 부딪칠 수 있는 누군가 덕분이 아니었는가 하고요."

작은 박수소리가 들렸다. 그러나 홀의 어두운 조명 때문에 누가 손뼉을 치는지 볼 수 없었다. 이제 피날레였다. 둘은 오의 곡도 비의 곡도 아닌 어떤 포크송을 택했다. 그 곡은 오와 비가 유년이었던 시절 음악 마니아들 사이에서 컬트적인 인기를 끈 작자 미상의 노래였다. 당시 한 심야 라디오 방송의 DJ가 '내가 제일 사랑하는 노래'라며 곡과 아티스트에 관한 소개도 없이 송출한 것이 화제가 되었다. DJ는 그 곡이 누구의 어떤 곡인지 밝히지 않은 채 얼마 뒤 불의의 사고로 유명을 달리했다. 훗날 DJ의 집을 뒤졌지만 그 곡의 원본은 찾을 수 없었다. 이에 관한 이야기가 괴담처럼 떠돌았다. 단 한번 방송된 것이 전부인지라 음원이라고 할 것이 없었으나 몇몇 사람이 녹음한 테이프가 존재한다는 사실이 드러났다. 그 테이프는 복사되었

고 복사된 테이프들은 리스너들 사이에서 서서히 퍼져나
갔다. 그렇게 이 포크송은 당대에 알 만한 사람은 알긴 할
건데 모르는 사람은 모를 법도 한 사각의 명곡이 되었다.

I know you

But I don't know you

And you know me

But you don't know me

I can't but I can

　오와 비는 담담한 목소리로 노래를 불렀다. 공연을 지
켜보는 모든 이들이 숨을 죽이고 두 사람을 지켜봤다. 라
이브 스트리밍을 시청하던 이들마저 채팅창에 아무런 말
도 남기지 않았다. 무대에 오른 두 사람마저 설명하기 힘
든 기분에 휩싸였다. 울분이나 회한 같기도 했다. 연주가
아웃트로에 접어든 그때 괴물의 발톱으로 금속을 긁는 듯
한 하울링이 스피커를 뚫고 튀어나왔다. 사람들은 귀를
막았고 연주는 마무리되지 못한 채 중단되었다. 오와 비
는 서로 마주 봤다. 둘의 안색은 완전히 같았다. 아무도 둘
을 대신해 사태를 수습하거나 사과하지 않았다. 그렇게

공연이 끝났다. 그들은 인사말도 남기지 않고 무대 밑으로 내려왔다. 공연을 관람하던 모든 사람이 퇴장하는 오와 비의 뒷모습을 잠자코 응시했다. 그 광경을 바텐더는 가장 뒤편에 서서 처음부터 끝까지 지켜봤다.

감동적이야. 사랑해요, 오 그리고 비! 이것 봐. 지금 내 눈에서 콧물이 흐르고 있어. 역시 그들은 레전드야. 하지만 연기는 좀 배워야겠는걸. 둘 다 얼굴이 시뻘겋잖아! 이런 거 예전에도 본 적 있어. '이집트의 왕자' 주제곡을 부르던 머라이어 캐리와 휘트니 휴스턴이 딱 저 꼴이었다구. 다정하게 손을 붙들고서 너에겐 질 생각 없다는 듯이 열창했지. 잠깐, 내 눈에는 창백해 보이는데? 더러운 배신자들. 죽어버려. 내가 예전부터 생각했는데 얘네 음악 게이 같지 않아? 그래도 마지막 곡은 힙했어. 미발표곡인가? 그들의 공연 영상을 살핀 네티즌들의 다양한 반응을 간략하게나마 추리자면 이렇다. 오래지 않아 두 사람이 컬래버레이션 앨범을 작업하기 시작했다는 소문이 돌았다. 미니콘서트까지 함께한 마당에 현실성 없는 얘기도 아닌지라 오와 비의 팬덤뿐만 아니라 매스컴까지 그 소문에 뜨겁게 반응했다. 진위를 알기 힘든 뜬소문이 쏟아졌다. 작업 도중 음악적 견해 차이로 충돌을 빚다가 비가 오에게 석궁을 발사했다, 오가 히트맨을 고용해서 비를 저격했다, 그래서 둘 다 입원했다, 이미 뒈졌다,까지 이야기가 진행됐다.

오와 비에 관한 자극적인 가십이 연일 보도되던 중 관계자로 보이는 누군가가 SNS에 공개한 정보가 전세계 리스너들의 이목을 끌었다.

"두 사람을 둘러싼 각종 음해는 사실과 다르다. 작업은 순조롭게 진행 중이며 멀지 않은 시기에 발매될 예정이다. 앨범명은 'ARK-B'. 총 네개의 트랙으로 이루어진 미니앨범이다. 오와 비가 마주쳤다는 바의 이름에서 영감을 얻었다고 한다. 대홍수라는 종교적 테마를 두 사람의 혼란스럽고 첨예했던 악연의 시작 그리고 끝에 빗댔다. 앞에 배치된 트랙 세개는 대규모 코러스가 삽입되는 인스트루멘탈이다. 경건하면서 소름 끼치는 타종으로 재앙의 공포를 떠올리게 만들고 스트링을 삽입해서 무겁게 출렁이는 어두운 바다의 질감을 표현할 계획이다. 현재 런던 필하모닉과 협의 중이다. 점진적인 희망과 회복을 상징하는 블루스 하모니카 솔로는 세계적인 하모니카 연주자 리 오스카에게 부탁했고 그는 흔쾌히 수락했다. 상징성과 기술력이 고도로 집약된 트랙 세개가 끝이 난 뒤에는 대망의 넘버 '올리브 보이'로 연결되는 구성이다. '올리브 보이'는 진정성 있는 포크송으로 두 거장의 목소리가 공식적으로 포개지는 세상에서 단 하나뿐인 곡이다. 대홍수의 끝, 방주에서 노아가 떠나보낸 비둘기가 가져왔다는 올리브 가지가 뜻하는 바처럼 그것은 화해와 용서의 메시지를 담은 노래다. 또한 팬들에 대한 사과이기도 하다."

진위를 판단할 수 없음은 매한가지였으나 오와 비의 앨범에 관한 그 어떤 정보도 공개되지 않았던 터라 리스너들은 이 내용을 공식적인 발표로 받아들였다. 매스컴은 런던 필하모닉 그리고 리 오스카 측과 접촉을 시도했지만 사실무근이라는 답을 받았다. 이목이 집중된 것은 이뿐만이 아니었다. 철천지원수였던 두 거장의 운명적 만남과 화해가 이루어진 BAR-K의 위치가 대중에게 공개되었다. 오와 비의 마니아들은 볼거리 먹거리 놀 거리라고는 쥐뿔도 없는 깡촌까지 찾아가서 당대의 팝 음악사적 예루살렘을 직접 방문하는 일에 거리낌이 없었다. 붐을 탄 직후 BAR-K는 그야말로 문전성시에 대성황이었다. 오와 비가 공연했던 영상을 스크린으로 반복 재생했고 벽에다가 그들의 사진과 앨범 커버와 사인을 벽지처럼 발라놓았다. 선곡마저 바뀌었다. 빗대자면 엘비스와 마이클, 너바나 그리고 용필의 타이틀 넘버들로 꽉꽉 채운 플레이리스트가 BAR-K의 출입구 앞까지 피어올랐다. 한편 목조 계단은 폐쇄됐다. 성지순례를 온 팬들은 주인에게 저 계단을 오르면 무엇이 있냐며 묻곤 했지만 주인은 어깨를 으쓱 들어 올리고 말았다. 그는 실제로 그 장소에 관해 아는 바가 없었다. 시간이 흘러 외지에서 찾아오는 손님이 차츰 줄었다. 그러나 단골들은 돌아오지 않았다. 이제 BAR-K는 그들이 원하던 사각의 장소가 아니었다. 오와 비의 즉흥적인 공연을 처음 SNS에 공유했던 누군가의 선언처럼 불가능했던 모든 일이 세상에서 사라져버렸기 때문이었다.

오와 비의 대화를 지척에서 지켜봤던 바텐더는 BAR-K가 미디어에 공개된 직후 모습을 감췄고 그 뒤로 행방이 묘연했다. 스캐빈저떼 같은 온갖 언론사의 기자들이 그의 자취를 좇았지만 제주도에 숨은 바텐더의 거처에 가장 먼저 도착한 것은 롤링스톤지와 빌보드지였다. 각 잡지를 대표해 바텐더를 찾아온 기자 두 사람은 입사한 지 얼마 되지 않은 햇병아리였다. 말하자면 로큰롤과 사이키델릭, 모던 록 따위는 건너뛰고 일렉트로닉과 힙합을 즐겨 듣던, 오의 말을 빌리자면 고무줄놀이 같은 디스코 음악을 듣고 자란 꼬마들이었던 것이다.

차? 커피? 전직 바텐더이자 BAR-K의 주인이었던 그가 무심한 투로 기자들에게 마실 것을 권했다. 해변이 보이는 창가 티 테이블 앞에 세 사람이 앉았다. 기자들은 그를 찾아온 용건을 밝히며 그날 오와 비가 나누었던 대화에 관한 인터뷰에 응할 수 있는지 물었다. 그는 순순히, 확실히 알고 있는 부분에 관해서라면 말할 수 있다고 답했다.

Q1. 당신은 오와 비가 누구인지 알고 있었는가?

아니다. 그러나 그날 오와 비가 누구인지 그들 스스로 줄기차게 말했기 때문에 이제는 안다.

Q2. 오와 비는 어떤 대화를 나누었는가?

대체로 자기 자랑이었다. 스스로 얼마나 대단하고 똑똑한지 대결하는 것처럼 보였다. 그런 의미에서 둘은 죽이 잘 맞았다. 그밖에도 온갖 상스러운 발언을 남발했으나 귀담아 듣지는 않았다. 자의식이 심각하게 과잉돼 있다는 점에서 그들은 일반적인 진상 손님과 크게 다를 바 없었다.

Q3. 기억에 남는, 이야깃거리가 될 만한 대화 내용이 있는가?

어떤 맥락인지는 몰라도 그들은 줄기차게 성소수자를 비하하고 혐오했다.

．

．

．

Q18. BAR-K가 유명해지고 난 직후 일을 그만둔 이유
는 무엇인가?

임대료가 올랐다. 지금은 건물주가 운영하는 것으로 알
고 있다.

Q19. BAR-K는 나름대로 마니아층을 이룬 공간이었다
고 안다. 그 이유는 무엇이며 오와 비가 그곳에서 운명적
으로 마주친 것과 연관이 있다고 생각하는가?

생각해본 바 없다. 자영업이란 게 그렇다. 뜻대로 되지
않는다. 내가 잘한다고 꼭 잘되란 법 없다. 그 반대도 마찬
가지다. 두 사람의 경우도 마찬가지라고 본다. 그들이 하
필 내 영업장에서 마주친 일이 어떤 필연적인 인과 때문
이었다고 생각되지 않는다.

Q20. '아는 일은 모르느니만 못하다'는 BAR-K의 슬로
건은 무슨 의미인가?

처음 들어본다. 단골들끼리 정한 말인 것 같다.

．

．

．

Q33. 폐쇄된 목조계단 위 공간은 어떤 곳이었나?

마치 질문지를 미리 보기라도 한 것처럼 막힘없이 응답하던 그가 처음으로 입을 닫았다. 창밖으로 폭우가 쏟아지고 기네스 색 바다가 요동쳤다. 두 기자는 그 광경을 바라보며 그가 내온 차와 커피가 완전히 식을 때까지 기다렸다. 마침내 그는 이렇게 답했다. 그러게, 뭐였을까. 바텐더는 그 이상 질의에 응하지 않고 기자들을 돌려보냈다. 고국으로 돌아온 기자들은 고심 끝에 기사를 싣지 않았다. 딱히 이슈가 될 만한 요소가 없었다. 무엇보다 오와비에 관련된 비하인드 스토리는 신선함을 잃는 중이었다. 그들은 장난삼아 직장 동료나 친구에게 거짓말에 과장을 보태고 기억을 왜곡해서 이야기를 전했다. 과장되고 왜곡된 그 이야기는 사람들의 입과 손을 타고 옮겨지며 더 흉측한 꼴이 되었다. 결국 원본이 훼손된 그 내용을 누군가 SNS에 업로드했다.

"난 씨발 서로 죽고 못 사는 연인인 줄 알았다니까. 그 둘은 영락없는 게이였어. 알아들어? 하여간 그네들이 누구든 관심 없어. 알고 싶지도 않고 알 것 같지도 않고. 알겠으면 니네 상사한테 가서 전해. 내 집에 또다시 사람을 보내면 미간에다가 총으로 구멍을 뚫은 뒤에 불붙인 마리화나를 다섯개비 정도 쑤셔둘 거라고. 잘 가라, 머저리들."

　와전된 바텐더와의 인터뷰는 한동안 뜨겁게 주목을 받았다. 한편 팬들은 목을 길게 빼고 오와 비의 신보를 기다렸지만 새로운 소식은 없었다. 시간이 조금 더 흘러 매스컴은 잠잠해졌고 이 이슈는 얼마 뒤 밥 딜런의 노벨문학상 수상 소식에 완전히 잊히고 말았다. 그뿐이었다.

비둘기,
공원의
비둘기

금기를 깼더군.

지향성이 결여된 음성이었다. 외부에서 들려온 소리가
아닌 내부로부터의 송신에 가까웠다. 허술하게 빗대자면
자신에게 복화술로 말을 걸고 있는 느낌이라고나 할까.
가로등 불빛을 등진 누군가의 앞에 나는 서 있었다. 벤치
에 앉아 있는 그의 머리 위로 어떤 형상이 보였다. 자세히
살펴본 뒤에야 그것이 날개를 접고 도사린 날짐승임을 알
수 있었다. 새,라는 단어가 입술을 비집고 나오기 직전 또
다른 누군가에 의해 고개가 처박혔다. 바닥 위로 얼굴이
닿을 지경이었다. 시선이 발치로 향하는 일에는 익숙했지
만 코앞에서 마주한 보도블록은 생각보다 훨씬 더러웠다.
인기척이 무수했다. 나를 가운데 두고 40인의 동료들이
빙 둘러 서 있었다. 심판하기 위한 공회. 피고는 나. '보헤
미안 랩소디'를 아는가. 가난한 소년이 누군가를 총으로

쏴 죽인 이야기. 곡의 세번째 장에 해당하는 오페라 파트는 사형을 당하기 직전에 겪는 소년의 환상이다. 군중의 목소리. 선처하라는 호소와 단죄하라는 외침이 교차한다. 이지 컴, 이지 고.

"나는 발설하지 않았습니다."

동료들의 속삭임이 들려왔다. 작은 우려와 거대한 적의가 뒤섞여 있었다. 무자비한 손이 머리채를 뒤로 잡아당겼다. 벤치의 실루엣이 책을 들고 있는 모습이 보였다. 나의 등단작이 실린 잡지였다. 동료 중에 문예지를 읽는 이가 있으리라고는 예상하지 못했다. 엄밀히 말해 누군가에게 주목받을 것이라고 생각지 않았다.

근래 보기 드문 문제작이다. 착상이 기발하고 전개는 거침없이 활달하다. 자본주의의 전면에 외따로 놓인 개인의 실존적 사유와 예술가로서의… 군상극… 알레고리… 어쩌구, 저쩌구.

실루엣은 책을 덮고 박수를 쳤다. 아주 지적인 템포로, 짝, 짝, 짝. 그리고 고개를 가로저었다.

유감이겠어. 데뷔작이 유작이 돼버려서.

여기까지 쓰고 난 뒤 서는 몸을 폈다. 해가 지면서 풀벌레 소리가 들려왔지만 더위는 가시지 않았다. 가로등에 불이 들어오고 주변이 듬성듬성 밝아졌다. 공원을 가로지르거나 빠져나가는 몇몇 사람이 서의 눈에 띄었다. 대부분이 저녁 식사를 위해 도서관에서 나선 이들이었다. 도서관은 공원 중심부에 있었다. 서는 이 구조가 성을 연상시킨다고 생각했다. 도서관은 천수각이고 공원은 외부로부터 침입을 막는 해자나 외벽. 게임의 배경으로 다소 전형적이랄까, 그래도 상상의 성채가 풍기는 분위기만은 그럴싸했다. 서는 이 거대한 성채가 자신에게 배타적이라는 생각을 떨치기 어려웠다. 공원을 바라보던 서는 한 소년과 눈이 마주쳤다. 낯이 익었다. 소년은 먼발치에서 사나운 눈초리로 서를 바라보다가 공원을 빠져나갔다.

"학생, 모기향 피워줄까?"

점주가 편의점 문을 열고 서에게 말을 걸었다. 서는 괜찮다고 답했지만 점주는 서가 자리한 테라스 자리 주변으로 부득불 모기향 세개를 피웠다. 그리고 샌드위치와 초콜릿, 시원한 캔커피를 서의 노트북 옆에 뒀다. 점주는 담배를 피우며 수다를 떨었다. 주제는 소설이었다. 때마침 슈퍼바이저가 나타나지 않았다면 영락없이 붙들려서 작업을 마무리 짓지 못하게 될 뻔했다. 서는 자리에 앉아 캔을 땄다. 점주가 주고 간 간식들을 모조리 없애고 난 뒤에야 웹서핑을 끝내고 워드 파일을 모니터에 띄웠다. 서는 마지막으로 작성하고 있던 지점에 커서를 올려놓고 노려보았다. 잠시 후 스크롤을 올려 문서의 가장 앞부분으로 돌아갔다. 속으로 서는 미완의 소설을 읽어 내려가기 시작했다. 복화술로 자신에게 말을 거는 기분으로.

게임은 인생을 닮았다. 법칙, 승패, 성취와 보상. 동료가 아니면 모조리 적이거나 한낱 배경에 지나지 않은 비정한 체계. 그렇다면 그 역은 어떠한가. 인생은……

이 소설은 예기치 못하게 기상천외한 게임에 참가한 불행한 영혼에 관한 이야기인 동시에 나를 한 사람의 어엿한 작가로 만들어준 믿기 힘든 사건의 발설이다.

그때 나는 서른살이 넘도록 별다른 돈벌이나 자격증하나 갖추지 못하고 소설 쓰네 하며 부모의 액즙을 끈질기게 빨아먹는, 사회 편입에 실패한 어른의 한 유형이었다. 아버지와의 약속 때문에 내게 남은 기간은 일년 남짓이었다. 기한 내로 등단하지 못하면 고향으로 돌아가 가업을 잇기로 했다. 달리 생각해보면 굶어 죽지 않을 최소한의 방편은 마련되어 있었다는 뜻이니까 나쁘지 않은 처지로 비칠지 모르겠다. 그러나 자신이 없었다. 뻘밭을 배경으로 바지락 칼국수를 유려하게 서빙하는 장래를 견딜 자신이. 오랜 옛날부터 꿈꿔오던 근사한 인생의 청사진과는 거리가 멀었다. 야경이 내려다보이는 호텔 라운지에서 출간기념회를 열고 문화계뿐만 아니라 정재계 유력자들과 와인글라스를 부딪치는 광경이 나의 미래일 것임에 단 한번의 의심도 가져본 일이 없었다. 그런데 해물파전이라니. 낙지탕탕이라니. 당치도 않았다. 낙향은 문화적 유폐이자 영혼의 유배였다. 하지만 물질적 지원을 끊겠다는 으름장을 무시할 수만도 없는 노릇이었다. 대문호로 거듭나려는 모퉁이에서 맞닥뜨린 사소한 위기쯤으로 여기기로 했다. 먼 훗날 생을 되돌아보는 자전적 작품을 쓸 때 몇줄의 문장 정도로 정리가 될, 빌어먹게 무사히 스쳐 지나갈 소소한 위기.

그런 고로 자취방 근처의 도서관으로 출퇴근하는 일이 그즈음의 일상이었다. 실상은 맡아둔 자리에 짐을 부려놓은 뒤 도서관을 빙 두른 산책로를 떠돌던 나날이었음을 고백한다. 소설의 구상인지 궁상인지를 위해서 말이다. 공원을 배회하며 떠올린 생각은 대체로 소설 외부적인 망상이었다. 이를테면 내가 자주 걷는 이 길이 언젠가 문화사적 메카가 될지도 모른다는 그런. 나의 허영심이 곧장 소설로 빚어질 수 있다면 얼마나 멋질까. 소재 고갈이니 슬럼프니 하는 일은 죽기 직전까지 불가능한 일이 될 텐데. 나는 칸트의 산책로와 교토에 있다는 철학의 길 따위를 떠올리며 보도블록 위를 거닐었다. 그 길에서 주말을 제외하고 거의 매일 적으면 만원, 많으면 오만원도 넘는 지폐를 주웠다고 한다면 믿겠는가? 그래, 이제부터 뻥이 시작되는군. 아니. 아니다. 소설은 허구지만 그 안의 모든 내용이 거짓인 것은 아니다. 소설이 놀라운 지점은 가장 거짓일 것 같은 대목에서 작가가 겪은 경험이 묻어 나온다는 것이다. 믿어줬으면 한다. 나는 돈을 주웠다. 한달이 넘도록 지속적으로.

생각해보면 나 같은 멍청이도 없다. 횡재가 일상적으로 일어날 수는 없을 텐데 일이 그 지경에 이르도록 눈치채지 못했다니. 그 시기의 아둔함에 변을 하나 달자면 내가 소설을 쓰는 사람이었기 때문이라고 하겠다. 아이러니하게도 실감 나는 허구를 직조해내기 위해서 작가의 상상력은 현실의 바닥에서 한순간도 발을 뗄 수가 없다. 마술적 리얼리즘 같은 현상이 실제 세계에서 일어나리라고 생각이나 했겠는가. 말하자면 현실의 물리법칙을 맹신하는 작가가 나였다. 아니구나. 습작생이었구나. 어쨌거나 이 거짓말 같은 공원의 특성이 나를 깊고 잦은 사색의 도보로 이끌었다. 잃어버린 경추를 찾는 사람처럼 고개를 처박은 채 돌아다니는 일에 골몰했다. 도서관에 들렀다가 공원으로 나서는, 소설을 쓰려는 최소한의 양식마저 잊을 즈음이 되어서야 지금 딛고 선 곳이 비밀의 문턱임을 깨닫게 됐단 사실도 의미심장한 지점이라 할 만하다. 필연성과 당위를 신뢰하는 세계에서 벗어나 현실을 직시했을 때 비로소 공원의 법칙을 깨달았다.

이 공원의 산책로에서는 돈이 저절로 솟는다.

이 짧은 글귀가 머릿속 워드 파일에 적힌 순간, 비둘기 한마리가 얼굴을 스쳐 날아갔다. 찰나였지만 잊을 수 없다. 불에 타서 곳곳이 그을리고 살이 문드러진 흉측한 비둘기를. 그 형형한 경고의 눈망울을. 누가 봐도 명백한 흉조였다. 하지만 그것을 알아챌 겨를이 없었다. 그러거나 말거나 당장은 세상이 다 내 것 같았으므로. 다달이 받는 용돈 외에 벌이가 없는 처지였기 때문에 천원 한장이 아쉬웠다. 창작 활동이란 문화적 소비 없이는 불가능하다. 하물며 동료들과 교류하지 않는다면 긍정적인 자극을 어떻게 얻을 것인가. 그전까지는 공원에서의 수입을 해프닝으로만 여겼으므로 그 금액만큼 즉흥적인 자유를 누리곤 했다. 나와 비슷한 처지인 창작적 백수들을 불러 모아 술을 사고 내기 당구를 치고 피시방에 가서 라면과 핫바를 먹었다. 친구들을 돌려보내고 나면 남는 것은 잔돈 몇푼과 고독뿐이었다. 어차피 나의 돈이 아니었고 모든 체험은 훗날 쓰일 작품의 소재로 남게 될 것이니 복 받은 하루였다고 스스로 다독일 따름이었다. 모두 지난 일이다. 이제부터는 다음 날의 가난을 걱정할 필요가 없다. 돈 따위야 길바닥에서 주워오면 그만인 것. 지속 가능하고 원활한 창작 활동을 위해 한시적으로 물질을 좇는 구도자를 자처하기로 마음먹었다.

결심을 굳힌 지 이틀 만에 그들이 나타났다. 그들은 심오한 얼굴을 하고 곁을 스쳐 지나갔고 더러는 노골적으로 어깨를 부딪쳐 오기도 했다. 한번은 돈을 주우려고 허리를 굽혔는데 뒤에서 욕설이 들려왔다. 꾀죄죄한 초등학생이었다. 나를 견제하는 대상은 날마다 바뀌었다. 밀리터리 야상을 입은 노인부터 노상에서 녹즙을 판매하는 아주머니까지. 나는 그들이 동류라는 것을 직감했다. 그것이 일종의 신입 신고식이었음을 알게 된 것은 나중에 린에게서 설명을 듣고 나서였다. 길 위를 배회하는 행운의 신봉자들. 갑자기 어디서 튀어나온 사람들이람? 망상에 빠져 길바닥만 쳐다봤으니 그들의 잠행을 알 길이 있나. 어떻게 해볼 수도 없을 정도로 치밀하고 체계적인 움직임이었다. 그들은 4인 1조로 활동했고 그중 3인은 산책로를 탐색했다. 남은 1인은 공원 높은 지대를 옮겨 다니며 그들을 통솔했다. 고개만 돌리면 3인이 자신을 볼 수 있는 동시에 3인을 감시하는 일이 가능한 위치 선정이었다. 통솔자가 휘파람을 1회 불면 3인이 미처 발견 못한 지폐를 그가 찾아냈음을 의미했다. 박수를 3회 치면 수상한 사람이 다가오고 있다는 신호였다. 대체로 그 박수가 뜻하는 대상은 나였다. 짝, 짝, 짝.

동네 변두리에 위치한 그 공원은 규모에 비해 유동인구가 적었다. 오전부터 저녁까지 꾸준히 한산해서 방사능에 오염됐다는 소문이라도 돈 것 아닐까 싶을 정도였다. 그나마 날이 어두워지면 반려견을 산책시키거나 운동을 하는 사람들이 나타나서 공간을 듬성듬성 채웠다. 그들이 이미 철수하고 난 뒤에 말이다. 즉 저녁에는 공원에서 돈을 발견할 수 없다는 의미였다. 내가 알지 못하는 정보를 점한 그들은 나처럼 무작정 길바닥을 헤집지 않았다. 일정한 시간에 나타나서 탐색과 습득을 마치고 어디론가 사라져버렸다. 그들의 일사불란함과 견제 때문에 하루 수입이 오만원을 넘지 못했지만 그들의 존재가 한편으로는 다행스러웠다. 오래전부터 그들이 이 작업을 지속해왔을 것이라는 확신이 들었다. 공원의 기적이 불안정한 현상이 아니라는 방증이었다.

하루는 작정을 하고 그들을 지켜보기로 했다. 그들의 등장과 퇴장 시각, 출몰 횟수를 기록할 작정이었다. 아침 어린이 예능 프로그램이 끝나기 전부터 공원에서 그들을 기다렸다. 그날 그들은 모습을 보이지 않았다. 그리고 동전 한푼 발견하지 못했다. 빨갛게 물들어가는 하늘을 배경으로 벤치에 앉아 생각했다. 뭐가 잘못됐지?

"삼일절이잖아요."

어른은 아닐 게 분명한 소년이 금연구역일 게 확실한 공원에 담배를 피우며 나타났다. 소년, 그러니까 린은 내 옆자리에 스스럼없이 앉았다.

"빨간 날은 돈이 안 나와요. 쉴 때는 쉬어야 할 거 아닙니까. 공원도, 비둘기도."

그래도 혹시 모를 일을 대비해서 '비둘기'는 휴일에도 감시자를 공원에 붙여두는데 오늘은 그게 자신이라고 밝혔다. 어떻게 반응해야 좋을지 몰랐으나 일단은 메모를 해두었다. 휴일은, 돈이, 안, 나온다, 별표. 린은 수첩에 글씨를 적는 내 모습을 보며 고개를 가로저었다.

"그러지 말고 아저씨도 비둘기 해요."

"비둘기? 해도 돼?"

"해도 돼요."

"그럼, 그래."

"그래요."

"이제 어떻게 해야 해?"

"뭘 더 어떻게 해요?"

"계약서라거나 그런 건?"

"금방 대답했잖아요."

"내가 뭐라고 했는데."

"그래, 라고."

"그럼 된 거야?"

"그럼요?"

간략한 구두계약으로 나는 비둘기가 되었다.

"오늘도 열심히."

다음 날 아침 아홉시, 맥 빠지게 만드는 린의 구호로 나의 첫 모이 쪼기가 시작됐다. 그날의 부리, 그러니까 높은 위치에 서서 통솔을 맡은 사람은 린이었다. 린의 지휘 아래 나를 포함한 발톱 3인은 모이를 찾아 신속하게 흩어졌다. 탐색을 시작한 지 20분 정도 지나자 린이 박수를 한 번 쳤다. 발톱들은 각자 획득한 지폐의 개수를 손가락으로 보고했다. 나는 손가락 열개를 펴 보였다. 린은 고개를 갸웃거렸다. 그리고 주변을 살피다가 휘파람 소리를 냈다. 린의 손끝이 가리킨 곳은 내가 맡은 영역 안이었다. 민첩하게 달려가서 지폐를 줍고 린을 향해 미소 지었다. 린은 고개를 끄덕이고 박수를 두번 쳤다. 집합 신호였다. 발톱들은 린을 둘러싸고 각자가 모아온 지폐를 린에게 건넸다. 린은 지폐를 세어본 뒤 일수가방에 집어넣었다. 그리고 우리는 각자 흩어져 눈에 띄지 않는 곳에 몸을 숨기고 대기했다. 총 3회의 오전 모이 쪼기는 열한시 삼십분경에 종료되었다. 그때부터 점심시간이 주어졌다. 각자 다른 곳에서 식사를 해결하고 난 뒤 열두시 오십분까지 자기 위치로 돌아와야 했다. 점심을 든든하게 먹어뒀다. 오후의 모이 쪼기는 한시부터 여섯시까지, 총 5회였기 때문이다.

모이 쪼기가 끝나고 린은 나를 따로 불렀다. 우리는 가장 가까운 편의점으로 향했다. 명령대로 밖에서 기다리고 있자 잠시 후 린이 시원한 캔커피를 들고 나타났다.

"갈까요?"

"어딜 또 가야 해?"

"가야죠. 어디든."

나는 어린 직속 상사의 말을 거스를 수 없었다. 왜소하고 눈매가 퀭하지만 인상이 몹시 날카로운 이 고등학교 중퇴생을 실은 그전부터 알고 있었다. 피시방에서 자주

마주쳤던 것이다. 볼 장 다 봤다는 얼굴을 하고 종일 모니
터 앞에 앉아 있던 린의 모습이 어쩐지 잊히지 않았다. 린
의 나른한 표정은 급작스럽게 누군가를 해칠 것만 같은
음험한 조짐을 풍겼다. 수풀 뒤에 숨은 맹수가 습격의 기
회를 엿보는 듯한 인상이라고나 할까. 나는 내가 보낸 생
의 절반 언저리를 겨우 지나친 린에게 예의에 어긋나는
일을 저지르거나 얕보이지 않으려 노력했다. 린은 사람을
주눅 들게 만든 뒤 자신을 따르게 하는 기질을 지닌 인물
이었다. 그 뒤로도 린과 작업을 할 때 나는 특별히 고무되
었다. 태풍을 앞두고 절대로 뽑힐 것 같지 않은 기둥에 몸
을 매달고 있는 기분이었다.

후미진 골목을 지나 술집에 도착했다. 말수 적은 노인
한 사람이 요리와 서빙과 경영을 도맡은 좁고 허름한 실
내 포차였다. 린은 의사도 묻지 않고 오돌뼈와 소주를 주
문했다. 술을 각각 한병씩 비울 때까지 우리는 별다른 대
화를 나누지 않았다. 나는 긴장하고 있었고 짐작건대 린
은 오돌뼈를 어금니로 씹으며 그 분위기를 즐겼으리라.

"물어볼 거 있으면 물어봐요."

없을 리가 있나. 공원에서 솟아나는 돈의 액수와 그 모
든 법칙, 비둘기의 규모와 시스템에 관해서 모조리 알고
싶었다. 나는 가방에서 펜과 수첩을 꺼냈다.

"게임 잘해요?"

"그건 왜?"

"공원은 게임이에요. 매뉴얼이 전부죠. 갑니다."

메모를 따라 적을 수 없는 속도로 린은 말을 어마어마하게 쏟아내기 시작했다. 하지만 설명은 일목요연했고 이해하기 쉬웠다. 아주 매력적인 숫자들로만 정보가 이루어져 있었다. 금액과 사람의 수, 날짜와 시간 그리고 횟수. 세계를 표상하기에 아라비아 숫자만 한 것이 없었다. 린이 얘기를 마치자 나는 녹음 어플리케이션을 종료시켰다. 그걸 언제 켰냐며 린은 웃음을 터트렸다. 나중에 확인해보니 그 소리가 짧게 녹취되어 있었다.

"나 내일도 나와?"

"안 나와요. 모레 밤 아홉시 사십분까지 나와요."

"그래. 그런데, 밤?"

"그렇다구요. 밤이라고요."

나는 눈을 끔뻑이고 할 말을 찾지 못했다. 린이 나보다 더 어른 같은 표정을 지어 보였다.

"야근수당이라고 들어봤어요? 밤 열시부터 다음 날 아침 여섯시까지. 급여는 1.5배. 콜?"

"아니. 레이즈."

말도 안 되는 얘기지만, 정말 그럴 리가 없지만, 당신의 시급을 대략 만원이라고 가정해보자. 점심 한시간을 제외하고 주간 여덟시간을 일하면 얼말까? 그렇다. 거기에다 앞서 말한 야근수당을 합하면? 안다. 아직은 계산기를 꺼낼 필요가 없다. 공휴일은 일단 배제하고 매월 근무 일수를 22로 잡은 뒤 거기에 41을 곱해보자. 웬 41? 공원에게 선택받은 사람, 그러니까 비둘기의 숫자가 나를 포함해 41인이었기 때문이다. 비둘기를 긍휼히 여기시는 공원께서는 매시간 일인분씩의 액수를 마련했다는 말씀이다. 마음 편히 놀라시라. 당신의 계산기 액정에 표기된 그 숫자를 바라보면서. 그것이 바로 공원에서 생성되는 한달 치 금액이었다. 가장 믿기 힘든 점은 일년에 몇번 배정되는 휴일 업무를 제외하고 월평균 근무 일수가 주간 야간 2회씩뿐이라는 것이었다. 복잡한 계산 다 집어치우고 설명을 마무리 짓자면 일인당 한달 총 4회 근무로 사백만 원가량을 벌 수 있었다는 얘기다. 물론 수수료 10퍼센트를 뗀 금액이었다. 그것은 날개의 몫이었다. 그는 직접 모이를 쪼지 않으며 기본급 대신 40인분의 수수료를 거둬 가는 유일한 비둘기였다. 체제의 발안자이며 공원의 지배자, 제1의 비둘기. 그가 바로 날개였다.

"큰 싸움이 있었다나. 두 파로 나뉘어서 공원을 두고 다

툼을 벌였는데, 밤낮으로 스무명도 넘는 사람들이 우글우글. 공원에 사람들이 많아지니까 동네 사람들도 무슨 일인가 하고 나오고, 사람들 모이니까 축제나 시위라도 열린 줄 알고 행상들까지 나타나서 바글바글. 솜사탕, 감자튀김, 핫도그, 쥐포, 떡볶이. 뜻하지 않은 골목 상권의 부흥. 개새끼들은 뛰어다니고 비둘기는 내려앉을 데가 없고. 심지어 그 당시 게임 참가자들끼리 유혈사태도 벌어졌대요. 한쪽 대가리가 부하를 시켜서 상대편 대장을 밟았는데, 그래서 죽었다나 뭐라나. 구라도 심하지. 아무렴 그랬으려고. 꼰대들은 꼭 과거를 전설처럼 만든다니까. 아무튼 그 뒤로 날개가 나타나서 정리, 끝."

"웃기다. 왜 날개지? 비둘기는 잘 날지도 않는데."

"그러니까 날개가 대단한 거 아닌가."

"그렇다면 반주 콜?"

"근무 중에 음주가 되겠습니까 안 되겠습니까?"

"안 되나?"

"알 게 뭐야, 사장님!"

오랜만에 만난 린은 전보다 말이 많았다.

"날개 본 적 있어?"

"있긴 있는데, 말 못하게 돼 있어요. 알려줘도 못 믿을걸? 볼 일이 생기겠죠. 안 보는 편이 낫지만. 원칙적으로 비둘기끼리 사적으로 교류하는 것은 금지인 거 알죠? 허울뿐인 내규지만 구성원의 실상에 관해서 묻지 않는 게 관행이고. 근데 아까 그 사람들 뭐 하는지 알아요? 여자 쪽은 고시생, 남자는 근처 철물점 주인. 그 외에도 공원 도서관 사서에 행복주택 사는 노인네들, 근처 원룸 세 들어 사는 아줌마 아저씨들."

허울뿐인 내규라는 말의 의미를 린을 통해 실감할 수 있었다.

"팁 하나 줄게요. 게임 참가자가 아닌 사람들한테는 공원에 나타나는 돈이 보이지 않아요. 우리들이 접촉하기 전까지는. 그러니까 외부인이 옆에 지나갈 때 절대 줍지 마요."

"어떻게 그게 그렇게 되는데?"

"낸들 아나. 선택받은 사람들의 특권인가보지 뭐."

"기준이 뭔데?"

"뭐가 뭐요?"

"선택받는 기준."

"추측만 있을 뿐이죠."

"어떤?"

"공원에서 오래 떠돌아본 적 있는 사람이라거나."

나와 린은 식사를 마치고 공원으로 돌아갔다. 순조로운

오후의 모이 쪼기였다. 방사능 때문에 다 뒈졌는지 개미 새끼 한마리 보이지 않았고 일기는 포근했다. 오후 3회차 모이를 쪼다가 비둘기 무리와 마주쳤다. 우리 말고 진짜 비둘기 말이다. 그중에는 일전에 마주쳤던 불에 탄 비둘기도 있었다. 비둘기들은 한 노인을 빙 두르고 모이를 쪼았다. 노인이 뿌린 모이였다. 노인은 표정 없이 나를 응시했다. 아직 갈무리하지 못한 지폐 앞에 서서 시선이 거두어지길 기다렸다. 린의 충고가 떠올랐기 때문이다. 드디어 눈동자가 움직였다. 노인은 눈길을 내 발치로 옮겼다. 그리고 다시 내 얼굴을 쳐다보며 썩은 이가 보이도록 입꼬리를 올렸다. 안 줍고 뭐 해? 그렇게 묻는 것만 같았다. 노인이 보는 앞에서 나는 허리를 굽혔다.

오후 작업이 끝나고 린에게 물었다.

"저 사람도 비둘기야?"

"비둘기 중의 비둘기죠. 공원을 떠나는 일이 없으니까."

앞서 밝힌 그 당시 나의 월수입을 기억하는가. 자취방 월세 열배쯤 되는 금액이 처음 통장에 입금되었을 때 내게는 아무런 계획이 없었다. 적응이 되지 않았다. 금전적 여유 따위를 가져본 일이 없었으므로. 두어달의 적응기가 끝나자 학자금 융자를 갚기 시작했다. 남은 돈으로 주택

청약 적금을 넣고 인색한 금리지만 CMA통장도 만들고 풍차돌리기식 적금을 시작했다. 할부로 차를 구입한 날, 집으로 돌아온 나는 메카를 향해 예배를 드리는 무슬림처럼 공원이 있는 쪽을 향해 고두를 했다.

엄마. 나 돈 벌어. 큰돈은 아니구요. 다단계? 진짜 했으면 엄마한테 돈을 달라고 했겠지. 일하느라 바빠서 당분간은. 어, 어. 써야지. 그건 그렇고 계좌 좀 불려줘요. 용돈이나 하시라구. 됐으니까 그냥 알려줘요. 끊을게요. 어이, 뭐 하냐. 때려치워. 양주를 마시자. 방 잡고 양놈들의 술을 마시자고. 다단계 같은 소리 하고 앉았네. 진짜 했으면 너를 데리고 사업설명회를 갔겠지. 이제부터 내가 시키는 대로 해. 통화 끝나자마자 네놈 연락처랑 내 연락처에 겹치는 놈들은 다 불러. 연락처 초기화? 됐다. 너나 나와라. 엉겅퀴 드링크라도 챙겨두는 게 좋을 거다. 사십인분쯤 맥일 거니까.

돈에 관한 행복한 삽화를 쓰게 될 줄은 몰랐다. 익숙한 소재가 아니면 손이 가질 않는 탓에 비루하고 우중충한 소설만 완성되곤 했다. 비로소 대중과 소통할 기회를 얻은 것만 같았다. 명작이 탄생할 차례임을 직감한 어느 날 나는 쾌적한 작업 환경을 위해 스타벅스 리저브 매장으로 향했다. 금강제화 구두를 신고 아울렛에서 맞춘 옷을 입은 채. 맥북 옆에 오열을 맞춰 아이폰, 세이코 메탈 시계, POC로 내린 탄자니아 차가를 놓았다. 지갑은 프라다 마크가 박혀 있는 것이긴 했는데 친구가 여행 갔을 때 사 온 이미테이션이라 가방 깊숙한 곳에 넣어뒀다. 워드 프로그램을 활성화하고 인상을 쓰며 턱을 괴고 있는 나. 의식적으로 주변을 돌아봤다. 누군가 스냅숏을 찍어줬으면. 세 시간 정도 웹툰을 보거나 SNS를 살폈다. 딴청 피울 거리를 모조리 바닥내고 짐을 챙겼다. 가야 한다. 어디든. 누군가를 만나고 싶었으나 평일 낮에 불러낼 지인이 마땅치 않았다. 그래서 피시방을 찾아갔다. 린은 지긋지긋하단 얼굴을 하고 모니터 앞에 앉아 있었다.

"그래서, 이 성이 니 거라고?"

"내 거죠. 형도 할래요?"

"돈 많이 들잖아."

"많잖아요. 돈."

그 한마디에 피시방으로 향하는 일이 일과가 됐다. 린의 도움을 받아 아이템을 구매하고 레벨을 높였다. 게임 내에서 뒤처지지 않기 위해 자취방 보증금을 훨씬 웃도는 액수를 소비했다. 린의 설명에 따르자면 게임 내의 모든 재화는 현금으로 판매할 수 있었다. 운만 따라준다면 투자금보다 더 큰 가치로 불기도 했다. CMA니 적금 풍차돌리기니 하는 것들의 금리는 우스울 정도로.

"도대체 이런 걸 어쩌다 하게 된 거야?"

"아버지가 해서요."

"아버지도 이거 하셔?"

"하셨죠. 이거 아버지 계정이에요."

우리는 홈런볼을 씹으며 웃었다.

"이제 안 하셔?"

"그러니까 내가 하죠."

그 이상은 캐묻지 않았다. 더 얘기하고 싶어하는 눈치
가 아니었다. 엄밀히 말해서 그럼에도 불구하고 끝끝내
궁금해했으면 하는 기색이었다. 문득 공원에 관한 린의
추측이 떠올랐다. 린은 어떤 연유로 학교를 그만두고 공
원을 오랫동안 떠돌았을까. 질문이 떠오르자마자 답을 향
해 가지를 뻗어가는 상상을 멈췄다. 허울뿐인 내규라지만
지킬 것은 지켜야지. 타인의 사정에 고심하지 않고 비껴
나갈 때마다 나는 내가 무사히 어른이 됐음을 깨달았다.

"공원이랑 비슷하죠? 적과 싸워서 이기면 보상을 얻는
다. 시간이 흐르면 다시 적이 나타난다. 반복해서 상대를
쓰러트린다."

린은 모니터에서 눈을 떼지 않고 말했다. 린이 화제를
돌려버렸단 사실이 민망해서 재빨리 대답했다.

"그런데 공원은 이미 승부가 정해진 게임이잖아."

"뭐가요?"

"싸울 상대가 없으니까."

"왜 없어요, 싸그리 다 적인데. 모르겠어요?"

"모르겠는데. 적이 누군데?"

"길바닥 위에 내려앉아 있는 것들 전부."

게임을 지속할 여력이 없을 때까지 앉아 있다가 우리는 술집으로 향하곤 했다. 더 비싸고 좋은 곳으로 가고 싶었지만 린을 받아주는 곳은 근처에 하나뿐이었다. 오돌뼈를 씹으며 각자 두병씩은 비우고 나야 집으로 돌아가곤 했다. 좋은 한때를 보냈다. 나의 실적이 부진해지기 전까지는 그랬다.

모이를 쪼는 발톱 3인 중에서 돈을 가장 많이 취득한 자에게는 날개의 몫에서 따로 떨어지는 삼만원이, 차석에게는 이만원이 인센티브로 주어졌다. 실적이 가장 저조한 자에게는 아무런 메리트가 없었다. 사실 그깟 인센티브야 받지 않아도 그만이었다. 문제는 3회 연속 최하위 실적을 기록하면 벌금이 매겨진다는 점이었다. 금액은 십만원이었다. 5회 이상부터는 백만원씩 부가됐다. 덕분에 나는 벌금으로만 육백이십만원을 잃었고 그 돈은 고스란히 날개에게 돌아갔다.

모이 쪼기에 집중하지 못하게 된 사건은 두가지였다. 하나는 가장 친했던 친구, 그러니까 내가 양주를 입에다 직접 들이부었던 그 녀석이 문예지로 등단을 한 일이었다. 인마, 축하한다. 내가 쏠게. 고맙기는. 놀랐겠다. 덜컥 작가가 돼버려서. 안 돼, 말할 수 없어. 너도 이 일 하면 글 못 쓴다. 바쁘지. 무지하게 바쁘지. 솔직하게 평가를 내리자면 나보다 기량이 떨어지는 녀석이었다. 요즘에는 아무나 등단시키나보다. 그렇게 치부하고 싶었지만 어쩐지 작가의 길에서 멀어지고 있는 기분이었다. 물론 그 이유 하나만으로 의지가 무너져내린 것은 아니었다. 기껏해야 2주일 정도 싱숭생숭하다가 끝날 일이었다.

내려오지 마. 잘하고 있어. 정신 똑바로 차리고 지금처럼 열심히 살렴. 그게 아버지 뜻이다. 장례식장에서 어머니가 내 등을 어루만지며 했던 말이다. 오랄 땐 언제고. 잘하고 있다니. 열심히요? 엄마는 내가 뭘 하고 사는지 몰라. 몰라서 하는 소리야. 돈 벌면 뭐합니까. 멀쩡하던 양반이 한순간에, 어떻게 해볼 겨를도 없이 이렇게 돼버렸는데. 아직 여행 한번 보내드리지 못했습니다. 아니 그런데, 사람이란 게 이렇게 쉽게 떠나버려도 되는 겁니까? 이지컴, 이지 고? 많은 말들이 맴돌았지만 단 한마디도 꺼내지 못했다. 장례를 치르고 돌아온 나는 무기력하게 공원을 서성였다.

"뭐가 잘못됐지?"

린은 술잔을 들어 내 잔에 부딪혔다. 말이 없는 린과 말이 많은 내가 낯설었다. 화제를 아버지에 관한 것으로부터 등단한 친구 녀석 얘기로, 그다음은 소설론으로 옮겼다. 소설은 인마, 매뉴얼이 없어. 알아들어? 너도 소설 한번 써볼래? 린은 한마디도 보태지 않았다. 린은 나보다 술을 더 많이 마셨고 우리가 앉은 테이블 위에 빈 병이 드디어 다섯개가 됐다. 어쩐지 오기가 솟았고 린에게 다음 작품에 관한 아이디어를 쏟아냈다.

"형. 그건 쓰지 마요."

"별로냐?"

"충고하는 거예요."

빈 병이 몽땅 바닥으로 떨어졌다. 날카로운 소리를 내며 병이 몇개인가 깨졌고 술 냄새가 훅 끼쳤다. 눈을 떴을 때 손에 린의 멱살이 잡혀 있었다. 린은 나를 바라봤다. 수풀이 걷혔고 그 뒤에 숨어 있던 린의 속내가 들여다보였다. 그 또래 아이 같은 눈이었다.

"그러다 죽어요, 형."

모기향을 피우지 않았다면 큰일이 날 뻔했다고 서는

순순히 인정했다. 팔뚝에 붙어 피를 빨던 모기를 손바닥으로 쳤다. 모기는 삼켰던 핏물과 함께 납작하게 눌렸다. 날은 아직 완전히 저물지 않았다. 집중력이 흐트러진 서는 그다음 부분을 훑듯이 대강 읽었다. 공원의 비밀을 소재로 한 소설을 완성한 뒤 투고를 하고 등단 연락을 받는다. 그리고 서는 쓰다가 멈춘 대목과 맞닥뜨렸다. 마지막으로 작성하고 있던 지점에 커서를 올려놓고 눈을 감았다. 소설을 더 진행하기 힘들었다. 이야기가 풀리지 않아서가 아니었다. 정반대의 이유였다. 서사는 정해져 있지만 구태의연하게 느껴졌다. 혹은 너무 교조적이거나 허무맹랑하거나. 이야기를 쳐내고 압축해야 했다. 반대로 아예 더 멀리 뻗어나가야 할지도 몰랐다. 모조리 변명이었다. 서는 단지 이 작품의 결말을 마주할 결심이 서지 않았다. 그럼에도 불구하고 완성해야 했다. 서는 그런 일을 하려는 사람이었다.

"소설일 뿐입니다. 사람들은 그것을 믿지 않습니다. 허구는 현실에 별다른 영향을 끼칠 수 없습니다."

목구멍을 통해 나온 그 목소리가 정말로 나의 것이었을까. 혹시 그가 나의 발성 기관을 통해서 자신의 말을 옮긴 것은 아닐까. 그렇게 믿으려는 시도가 몇번이나 있었던가.

진심이야?

그가 물었다. 진심이냐니. 그는 어째서 진위가 아니라 진심에 관해 따졌을까. 빛을 등진 실루엣이 웃고 있었으리라고 나는 확신한다.

고시생은 자문을 해줄 거야. 철물점 주인은 마대 자루와 삽, 사슬 따위를 준비해 오고. 동네에서 오래 산 주민들은 인적이 드문 야산의 위치를 알고 있다. 건장한 친구 몇을 골라서 그들에게 거금을 쥐여줄 생각이야. 근처에 오돌뼈가 맛있는 집이 있다고 하던데. 작업에 앞서 술을 몇 병 들이켜야 하겠지. 심신미약이었다는 알리바이가 있어야 발각되더라도 덜 곤란할 테니까.

"살려주세요."

그거 말고. 다른 대답 있잖아. 내게 확신을 줘. 널 믿고 싶거든.

이지 컴, 이지 고. 나는 앞으로 고꾸라졌다. 고개를 바닥에 처박고 항복의 말을 외쳤다. 제 소설을, 소설 같은 걸 누가 보겠습니까. 진심입니다. 웃음소리가 들렸다. 형이 집행되기 시작했다. 입에 재갈을 물리거나 눈을 가리지도 않았다. 명령대로 시선을 바닥에 깔고 어딘가로 안내될 따름이었다. 상상의 가지가 폭발적으로 뻗어나갔다. 가장 잔인하고 무서운 방향으로만, 서사적인 줄기를 따라서. 걸음을 뗄 때마다 한편씩 고딕 소설풍의 플롯이 완성됐다. 각자 과정은 달라도 결말이 똑같은 이야기였다. 주인공이 죽는다. 그리고 누구도 그 죽음을 알아채지 못한다. 그 순간 나의 유일한 바람은 생존이 아니라 기절이었다.

좁은 방에 도착했다. 기계들이 구동되는 소리가 낮고 지속적으로 중첩됐다. 누군가 곁에 있었다. 그가 나를 의자에 앉혔다. 그때까지도 나는 고개를 들지 못했다. 한숨 소리가 들렸고 그는 내 무릎 위로 옷가지 하나를 놓았다. 수의라고 생각했는데 때가 묻은 편의점 유니폼이었다. 그가 위로하듯이 내 어깨를 두들겼다.

"작가 양반. 이제부터 여기가 자네 일터야."

나는 추한 몰골로 오열했다.

그럴 만도 했다. 손발이 도려내지고 어디 창고에 처박힐 줄 알았으니까. 그래, 아무렴 돈 몇푼 때문에 사람을 죽일까. 그들에게 있어서도 나를 없애는 일은 부담이 컸다. 공원에서 추방하자니 자유를 주는 꼴이었고 그렇게 되면 내가 또다시 공원에 관해 누설할지도 모를 일이라고 여긴 모양이다. 나의 거주지가 공원에서 멀어지면 내 몫의 돈이 공원에서 생성되지 않는다는 사실도 하나의 이유였다.

그래서 날개가 내놓은 판결은 나를 유폐하는 것이었다. 세상에. 왜 날 가두지 못해 안달들일까. 유폐,라고 하니까 거창한 감이 없진 않다. 표면적으로 나는 숙식이 제공되는 편의점에 취직이 됐을 뿐이었다. 그것도 매니저로. 점주는 인도주의적인 근무환경과 페이를 약속했다. 모이 쪼기로 버는 돈의 반에도 미치지 못하는 액수였지만 목숨을 건졌다는 안도 때문에 모든 일이 감사했다. 일하는 시간은 점주에게, 일하지 않는 시간에는 발톱들에게 돌아가며 감시를 당했지만, 그래서 뭐? 문화생활과 사람을 만나는 일이 곤혹스러웠으나 따지고 보면 그것이야말로 평범한 사회생활이다. 생업 전선을 지켜가면서 자기가 하고 싶은 것을 모두 누리고 사는 사람이 얼마나 될까. 시간은 없고 돈은 더 없다. 어쩌면 비로소 보편적인 사회에 정식으로 편입된 것이 아닐까. 엄마, 미안해요. 더이상 돈은 보내드릴 수가 없어요. 벌이가 줄었거든요. 소설요? 소설은 말이죠, 작가가 됐으니까 이제 괜찮아요. 끊을게요. 어머니와 통화하고 난 뒤 앞으로의 삶에 대해 골몰하기 시작했다. 이대로 자리를 잡고 편의점 점주가 돼볼까 하는 계획을 구체적으로 잡아나갔다. 그리고 바로 그즈음에 원고 청탁을 받았다.

어쩌자고. 나는 문학을 부정한 몸이었다. 소설을 쓰는

일에 자격이 따로 있다면 나 같은 부적격자도 없었다. 그러나 오랜 세월 갈망해오던 작가로서의 커리어에 욕심이 생기지 않는다면 그것은 파렴치한 거짓말이었다. 지면에 목마른 신인 작가 입장에서 선택지 따위는 없었다. 문장으로 옮기기 지리멸렬한 고심의 과정을 거치고 나자 염치 불고하고 소설을 써야겠다는 결심이 섰다.

"써, 써. 작가가 됐으면 글을 써야지. 대신 나한테 보여줘야 해. 곤란한 내용이 들어가면 안 되니까."

예상 밖으로 간단하게 동의를 얻었다. 다시 회합이라도 열리는 것은 아닐까 했던 걱정은 기우였다. 문외한이 검열한다는 단서가 지극히 자존심 상하는 일이었지만 더 커다란 내적 치욕을 견디고 작품을 완성해야 하는 입장에서 그것은 문제도 아니었다. 비참한 기분이 동력이 됐던 것인지 어떤지 모르겠다. 낯부끄럽게도 나는 대단한 기세로 소설을, 그야말로 뽑어냈다. 플롯이야 유폐형에 처한 그날 밤에 떠오른 것 중 아무것이나 골라잡으면 될 일이었다. 부득이하게 등단작의 작풍과 큰 차이가 생겼지만. 심판의 밤 이후로 나는, 말하자면 서정시를 쓸 수 없는 사람이 되어버렸다.

매주 한편씩 단편소설을 완성했다. 점주의 배려가 없었다면 불가능한 일이었다. 그는 폐기처리된 음식이 아닌

본인 돈으로 결제한 간식들을 챙겨줬다. 샌드위치나 초콜릿, 캔커피 같은. 결과적으로 기한이 되기까지 여섯편을 작업했는데 그중 쓰레기가 세편, 쓸 만한 것과 나쁘지 않은 것 그리고 내가 봐도 기가 막히게 잘 쓰인 소설이 한편씩 있었다. 모두 점주의 검열을 무사히 마친 것이었다. 점주는 내 작품을 마음에 들어했다. 세세한 감상을 들려주면서 조언을 얹기도 했다. 점주의 통찰력은 예사롭지 않았고 나는 속으로 문외한 운운했던 일을 반성했다. 실은 점주를 우습게 여겼다. 슈퍼바이저에게는 굽실거리고 고객들 앞에서는 심드렁하게 구는 모습을 곱게 봐주기 힘들었다. 점주는 젊은 시절에 소설가를 꿈꿨다고 했다. 신춘문예나 문예지의 당선작을 종종 찾아 읽기도 하는 모양이었다. 이제는 다 지난 일이라며 다시는 입맛이 그다지 써 보이진 않았다.

가장 만족스러운 작품을 편집자에게 보냈다. 마감을 마치고 후련한 마음으로 카운터에 앉아 있을 때 피투성이가 된 린이 찾아왔다. 흉흉한 기운을 풍기면서 린이 내게 일수 가방을 던졌다. 정말로 숨어 있었다. 습격의 기회를 엿보던 린의 본성.

"그러게 쓰지 말랬잖아 이 개새끼야!"

린은 카운터를 밟고 올라섰다. 그리고 달려들었다. 죽

일 듯이 나를 패고 물어뜯었다. 외출에서 돌아온 점주가 말리지 않았다면 진짜 죽었을지도 모른다.

린이 편의점을 떠난 뒤 나와 점주는 테라스에 앉아 맥주를 마셨다.

"작가 양반 때문일세."

"뭐가 또 잘못됐습니까."

"비둘기끼리 사적 교류 금지. 알고 있을 텐데."

"그게 하필 지금 왜요?"

점주가 쓰게 웃었다.

"부하가 잘못을 저질렀으면 직속상관이 책임을 져야지."

나를 심판했던 모임이 있고 난 뒤 린에 대한 강력한 성토가 있었다고 했다. 비둘기는 날개 1인, 부리 10인, 발톱 30인으로 구성된 것으로 알려졌다. 발톱들을 통솔하는 역할인 부리는 중간 관리직이라고 할 만했다. 명실공히 나는 린의 직속 부하 직원이었으므로 나를 관리하지 못한 린에게도 문제가 있다는 논지였다. 점조직에 가까운 체계에서 연대책임을 묻다니. 노골적인 꼬투리 잡기였다. 어린 나이에 실력 하나로 부리 자리를 꿰찬 린을 동료 부리들이 곱게 보진 않았을 터였다. 린의 성질머리를 생각하면 호감을 얻기란 진즉에 그른 일이었다. 그전부터 존재해온 알력이 나로 말미암아 표면으로 터져 나온 것이었다. 나의 발설로 인해 생업이 위기에 처할 뻔했다는 분노가 린에게 몰렸다고 볼 수 있었다.

"따돌림은 발톱들 사이에서 드문 일이 아니지. 친한 부리에게 상납금을 바치고 타깃을 지정한다는군. 그러면 어떻게 될 것 같나? 지정된 대상은 실적과 상관없이 모이 쪼기의 꼴찌가 돼. 그런 일이 5회 이상 벌어지면, 아마 작가 양반이 더 잘 알 거야. 그런데 부리들 사이의 따돌림은 양상이 달라."

린이 당한 괴롭힘은 발톱들 사이에서 행해진다는 그것보다 끔찍한 형태였다. 거꾸로 부리들의 청탁을 받은 발톱들이 린을 무시하기 시작했다. 모이 쪼기에서 통솔을 따르지 않는 일은 물론이고 수금을 거부하는 상황까지 벌어졌다. 린이 내규를 앞세워 바득바득 수금을 완수하면 또다른 문제가 발생했다. 수금액을 입금하기 위해 편의점으로 향하던 그 길목에서 다른 발톱들이 린을 기습한 것이었다. 그리고 일수 가방을 훔쳐 달아났다.

"부리들은 사십만원의 인센티브를 더 받지. 권리가 있는 만큼 책임이 큰 거야. 최종적으로 날개에게 입금을 할 때 예정된 수금액이 모자라면 그 책임은 부리에게 돌아가. 차액의 열배로."

열배. 린이 대략 십개월을 일해야 벌 수 있는 금액이었다. 부당하고 터무니없는 룰이었다. 인센티브나 보너스 같은 개념이 아니었다. 그것은 날개 입장에서 적은 액수로 고가의 손해를 배상시킬 수 있는 보험에 가까웠다. 린에게 선택의 여지는 없었다. 린은 자신의 돈으로 수금액을 메꿨다. 다른 비둘기들에게 공격을 받았다는 보고를 점주를 통해 날개에게 전했지만 증명할 방도가 없었다. 린을 제외한 거의 모든 비둘기가 한통속이었다. 날개는 사건 해결에 흥미가 없었다. 날개의 관심사는 자기 계좌에 그날의 수금액이 정상적으로 이체가 되고 있는가 여부뿐이었다. 혹여 린이 돈을 메꾸지 못하면 그것대로 이득이었다. 빚을 지운 뒤 해프닝을 해결하면 되는 일이었다. 이제 와 생각해보면 날개는 무섭도록 일관된 존재였다. 날개가 고안한 분배 방식은 경마나 도박에 쓰이는 베팅 시스템을 닮았다. 수수료라는 명목으로 리스크 없이, 힘들이지 않고 몫을 가져가는 오너의 태도.

"점주님은 뭐 하셨는데요?"

"내가 뭘 할 수 있겠어."

"뭘 못해요. 큰 부리시잖아요."

"허울이지. 내가 할 일은 때를 보다가 녀석을 발톱으로 강등시키는 것뿐이야. 당분간 따돌림이 지속될 테고 몇번 정도는 벌금을 물 거야. 녀석의 기가 완전히 죽고 나면 그 때는 내가 나서야지. 작가 양반이 몰라서 그래. 크든 작든 해소가 필요해. 조직이 와해될 순 없잖아."

"비겁합니다."

점주가 웃었지만 화를 낼 수 없었다. 내가 생각해도 우스운 말이었다. 그날 점주는 외박을 허락했다. 가야지. 어디든. 어딜? 린에게 얻어맞은 몸을 끌고 공원을 떠돌았다. 야간 모이 쪼기가 시작되기 전이었고 그 넓은 공간에 있는 사람이라고는 나를 제외하고 단 한명뿐이었다. 비둘기들에게 둘러싸인 노인은 자기 자리를 지키고 있었다.

작품 활동은 어때?

"소설은 허구를 통해 진실을 말한다."

여전히 가로등을 등진 채였지만 밑에서 올려다볼 때와 서서 대면할 때 보이는 것이 달랐다. 표정이 없던 노인이 나를 응시하며 썩은 이가 드러나도록 웃는 모습이 선명했다.

너의 데뷔작을 읽었다. 그걸 소설이라고 할 수 있나? 있는 그대로를 썼을 뿐이잖아. 그런데 허구라니.

마땅히 할 말이 없었다.

그런 의미에서 너는 대단한 거짓말쟁이야. 물러나, 눈.

날 두고 한 말인 줄 알았지만 아니었다. 목소리가 들리

자 노인은 웃음을 거두고 벤치에서 일어났다. 그리고 옆
으로 비켜섰다. 비둘기 몇마리가 난리를 피우며 길을 텄
다. 나는 벤치 등받이 위에 앉은 비둘기와 눈이 마주쳤다.
불에 탄 비둘기였다.

내 얘기 좀 써볼래? 굉장한 작품이 나올 거야. 88년도의
일이었지. 뜨거운 축제와 불길이었다구.

놀랄 처지도 아니었다. 엉망진창이었다. 이딴 거,

"어디다 써먹으라고."

왜 이래. 작가잖아.

"너무 허무맹랑하잖아요."

그런 말을 하기에는 너무 늦은 거 아니야? 공원에서 돈
이 솟는 이야기는 그럼 그럴싸한가? 이봐, 소설이 진실을
통하면 어떤 얘길 할 수 있지? 허구인가?

"떠나고 싶습니다."

떠나서?

대답하지 않았다.

넌 여길 떠날 수 있어. 떠날 수는 있는데, 떠날 수가 없지.

"식상하네. 악당의 대사."

식상한 데는 다 이유가 있는 거야 인마.

그가 웃었다.

"공원을 원래대로 돌려놓을 수는 없는 겁니까?"

원래 이랬는데?

"당신 뭐야?"

비둘기잖아. 내가 날개. 저 치는 눈. 그리고 부리 열개와 발톱 삼십개. 모두 합해서, 비둘기.

"마지막으로 하나 물어봅시다. 그 많은 돈 다 어디다 씁니까?"

내가 묻고 싶은 말인데. 날 봐. 모이만 있으면 돼. 돈은 저 치 계좌에 차곡차곡 쌓이고 있을걸. 사람도 죽었는데 그 정도는 누려야지.

"저분은 돈을 어디다 쓰는데요."

모르지. 모이 사는 데 쓰지 않을까.

"씨팔, 그거나 그거나."

그를 등지고 공원을 떠났다. 멀리서 노인의 박수 소리가 들렸다.

짝, 짝, 짝.

갑작스러운 소음에 놀란 서는 어두운 공원 안쪽을 살폈다. 모기가 날아다니고 풀벌레 소리가 시끄러웠다. 어두운 산책로를 어슬렁거리는 누군가가 보였다. 그는 시선을 바닥으로 깔고 잃어버린 경추를 찾는 사람처럼 산책로를 돌아다녔다. 서는 굳게 닫힌 성벽 앞에 서 있는 것처럼 아뜩했다.

　드디어 서는 내내 붙들었던 소설의 대단원을 장식했다. 흡족하지 않았고 서는 소설 쓰는 일을 순순히 포기하기로 마음먹었다. 오래전부터 예감해온 순간이었다. 자신에게 재능이 없다는 사실을 비로소 받아들였다. 그뿐이었다. 다만 소설을 포기하지는 않기로 했다. 유치한 말장난이라는 것을 알고 있었다. 서는 워드 파일을 지우기로 결심했다. 한 글자도 남기고 싶지 않았다. 창을 닫자 뒤에 포개져 있던 또다른 워드 파일이 보였다. 본문에 들어가지 못한 문장과 설정들을 따로 모아둔 것이었다. 서는 들어갈 곳을 찾지 못했지만 가장 애정을 가지고 적었던 구절을 마지막으로 읽고 그 파일도 마저 지워버리기로 했다.

　"인생이 게임 같다고 생각해?"
　"아뇨."
　"왜?"
　"만약 그렇다면 내가 이렇게 좆같이 살고 있진 않겠죠."
　우리는 마주 보고 웃었다. 린의 웃음소리는 녹취돼 있던 것보다 더 맑고 높았다.

오토바이의
묘

마을에는 이상한 무덤이 하나 있었다. 사람의 시신이 묻힌 진짜 묘소는 아니었고 어느 야산의 늪지대를 지칭하는 표현이었다. 각종 고물과 폐자재가 좌초한 유령선처럼 틀어박힌 더러운 진창에 동네 소년들은 훔친 물건을 투기했다. 절도 목록은 가방과 지갑, 자전거와 컴퓨터 등 다종다양했다. 장물이 그 쓰임을 다하거나 증거 인멸이 시급할 때 소년들은 이곳을 찾았다. 누가 처음 이 장소를 찾아냈고 이름 붙였는지는 알 수 없으나 나로서는 무덤이라는 어휘가 선득하게 다가올 따름이었다. 그것은 죽어서 마지막으로 가는 장소를 뜻하는 말이었으니까. 말하자면 이 진창에 떨어진 것은 곧 죽은 것이라는 의미였다.

"애초에 널 데려오는 게 아니었는데."

이 말을 마지막으로 나는 20미터 높이 낭떠러지를 굴러 늪지대 가장자리에 떨어졌다. 나를 이곳에 투기한 소년은 낭떠러지 위에 서서 한동안 이쪽을 내려 보다가 어둠 속에 스며들었다. 자정에 가까운 시간이었다. 저 멀리 점멸하는 주광색 가로등 하나가 알 수 없는 패턴으로 근처 풍경을 드러냈다가 숨겼다. 듣던 대로 영면에 든 잡동사니들이 곳곳에 박힌 늪이 보였다. 깜빡이는 가로등 불빛을 보며 천천히 최면에 빠져드는 듯했다. 몸이 점차 수렁으로 잠겨 들어갔다.

"어때?"
누군가 나를 일으켜 세웠다. 처음 보는 소년 둘이 나를 매만지고 살폈다. 얼마간 정신을 잃었는지 희미하게 동이 트고 있었다.
"탈 순 있겠어."
요행히 돌멩이나 바위가 튀어나오지 않은 쪽으로 구른 덕에 크게 다친 구석은 없었던 모양이다. 가장자리에 떨어져 차체가 땅에 깊숙이 박히지도 않았다. 기능에 문제가 없는 것을 확인한 그들은 내게 꽂힌 키를 돌려 시동을 걸었다. 소년 둘은 죽다 살아난 오토바이 한대를 타고 늪을 빠져나왔다.
그들은 깊은 산길로 나를 몰았고 마침내 어느 오래된 축사에 도달했다. 가축은 보이지 않았고 오랫동안 창고로 쓰였는지 자루에 녹이 슬거나 썩어가는 농기구들이 아무렇게나 진열돼 있었다. 소년들은 나를 축사 한가운데 주차한 채 문을 걸어 잠그고 사라졌다.

〔125cc네?〕

말소리가 들렸다. 소리가 들린 쪽을 살피자 축사 한 구석을 차지한 낡은 경운기 한대가 보였다. 그리고 그 옆으로 경운기 못지않게 낡고 오래된 스쿠터 한대가 서 있었다. 구십년에 출시된 택트라는 기종인 그는 자신을 '할배'라 소개했다. 할배는 그간 말동무가 없었다며 주저리주저리 떠들기 시작했다. 틀어막을 귀도 손도 없었던 탓에 잠자코 그의 이야기를 들었다.

〔뭐라고 말 좀 해봐. 여긴 어쩌다 온 건데?〕

한참 혼자 떠들던 할배는 내가 아무런 반응도 보이지 않자 재미없는 녀석이라며 툴툴거렸다. 그렇게 침묵 속에서 아침을 맞았다. 철제 울타리 밖으로 해가 밝자 나를 주워온 두 소년이 축사 문을 열고 모습을 나타냈다. 그들은 고무장갑을 낀 양손에 도색용 스프레이, 붓과 페인트, 스티커 필름을 들고 있었다. 잠이라도 든 것처럼 조용하던 할배가 다시 말을 꺼냈다.

〔희멀겋고 팔다리가 긴 녀석이 현도, 까무잡잡하고 키 작은 애가 도림.〕

현도와 도림은 도색 장비를 바닥에 부려놓았다.

"그러니까 이게 중고로도 이백짜리라고?"

"2018년식 PCX. 완전 계 탄 거지."

"이런 걸 왜 버렸대?"

"사고 났다던데."

"그래? 멀쩡하기만 하고만."

두 소년은 남 일이라는 듯 키득대며 내게 묻은 흙먼지를 제거한 후 잔뜩 긁힌 까만 카울에 붉은색 스프레이를 뿌리고 페인트를 도포했다. 특히 필름을 세심하게 붙이고 치우치는 부분 없이 골고루 도색하는 현도의 솜씨가 예사롭지 않았다. 어디서 떼어 온 건지 번호판까지 교체하는 꼴을 보니 치밀하게 준비한 모양이었다. 현도와 도림의 작업이 지루하고 착실하게 이루어졌다.

〔할배는?〕

〔뭐?〕

〔어쩌다 여기 왔냐고.〕

내 쪽에서 먼저 말을 건네리라 생각지 못한 그는 얼떨떨해 하다가 곧 신이 나서 이야기를 늘어놓았다. 타지에서 흘러들어온 나와 달리 할배는 이 마을 토박이었다. 그의 이전 파트너는 여든이 넘은 노인이었다. 삼십년을 동고동락했다는 노인은 어느 날 시내 골목 한구석에 할배를 세워두고 어디론가 사라졌다. 얼마간 시간이 흐르자 앰뷸런스 한대가 적막한 시골 상가를 가로질렀고 인근 농협 건물에서 누군가 들것에 실려 나왔다. 그날부터 3주가 지났지만 파트너는 나타나지 않았고 할배는 그대로 골목에 방치된 채였다. 그제야 할배는 파트너가 죽었단 사실을 인정했다.

〔그러다 저 꼴통들을 만난 거지. 열쇠도 없는데 요리조리 만지는가 싶더니 거짓말처럼 시동이 걸리더라구.〕

알 만했다. 오토바이를 훔치는 방법이야 큰 트럭에 무작정 실어 옮기는 것부터 기어 3단 상태에서 오토바이를 밀어 강제로 시동을 거는 등 다양했다. 그리고 할배가 당한 '접지'는 그중에서도 가장 전문적인 방식이었다. 키박스를 뜯어낸 후 날붙이로 시동선을 끊고 플러스선이랑 마이너스선을 접촉시키면 시동이 걸린다. 도둑질에 비전문, 전문 따위가 있는 것도 우스운 얘기였지만 어쨌거나 이렇게 훔친 오토바이는 반드시 키박스를 교체한다. 새로운 키박스를 부착해야만 자기 소유의 키로 시동을 걸 수 있기 때문이었다. 내 설명을 들은 할배가 물었다.

〔어떻게 그렇게 잘 알아?〕

〔다 당해본 수법이거든.〕

〔아하.〕

할배는 내 사정에 관해 자세히 캐묻지 않았다. 그 덕분에 이 마을에서 차로 한시간쯤 떨어진 도심에서 도난당하고 빼앗기고 다시 도난당하는 일을 반복하다 이 축사에까지 흘러들어왔다는 말은 할 필요가 없어서 안심이었다. 불행한 과거를 복기하고 누군가에게 설명하는 일이란 그 자체만으로도 또다른 불행이니까.

도색 작업이 마무리됐다. 본연의 색감은 온데간데없고 원래부터 그렇게 태어난 양 내 몸은 온통 광택 없는 붉은색으로 물들었다. 주변을 정리한 현도가 내 위에 올라타며 도림을 돌아봤다.

"이거 내 거다. 알지?"

"알았어 인마."

현도는 내게 '루피'라는 이름을 붙이고는 시동을 걸었다. 도림이 모는 할배를 따라 현도는 울퉁불퉁한 산길을 달렸다. 몇분 뒤 산길에서 벗어나자 잘 닦인 포장도로가 곧장 이어졌고 그때부터 나는 빠르게 내달리기 시작했다. 도림이 욕설을 뱉으며 속력을 올렸으나 시속 50킬로미터도 내기 힘든 택트로는 신식 125cc를 따라잡을 수 없었다.

그렇게 십여분가량을 달려 한적한 해변 도로에 다다랐다. 수면이 난반사하는 햇살을 받으며 나와 현도는 빠르게 바닷바람을 갈랐다. 현도는 기분 좋은 환호성을 지르며 속력을 올렸고 나는 현기증을 느꼈다. 헬멧을 쓰지 않고 질주하다 고꾸라졌던 한 아이의 모습이 떠올랐다. 아이는 마치 거인이 내던진 것처럼 처참하게 굴렀다. 찢어지고 부러진 팔과 다리, 가드레일에 부딪쳐 박살 난 머리통에서 핏물이 흘러 도로를 물들였다. 아스팔트 위에 고인 피는 언뜻 보면 빗물이나 휘발유와 크게 차이 나지 않았다.

우리는 어느 구멍가게에 도착했다. 현도는 내 옆에 서서 담배를 입에 물었다. 나는 심각한 불안 증세를 겪으며 흐려지는 정신을 다잡고자 애썼다. 잠시 후 구멍가게 앞에 도림과 할배가 나타났다.

"할배 너무 느려."

불만스러운 기색을 감추지 못하는 도림을 보며 현도는 웃음을 터뜨렸다. 현도는 다 피운 담배를 아무렇게나 던진 후 도림을 데리고 구멍가게 안으로 들어갔다. 남겨진 나와 할배는 볕을 쬐며 부서지는 파도 소리를 감상했다. 그렇게 시간이 흐르자 차츰 진정됐다.

〔비참하구만. 하여간 늙으면 죽어야지.〕

녹초가 된 듯 기운 없는 목소리였다. 이럴 바엔 태어나질 말걸 그랬다,는 할배의 푸념이 마음에 박혔다. 바람이 잦아들고 파도 소리가 멀어져갔다. 기분 좋은 날씨와 풍

광이었다.

〔이대로 죽으면 좋을 텐데.〕

할배는 내 혼잣말을 듣고 아무런 대꾸도 하지 않았다. 할 말이 있는데 머뭇거리는 눈치였다. 어느새 구멍가게를 나선 도림과 현도가 돌아오는 모습이 보였다. 두 사람은 재밌는 농담을 나누는 듯 신이 나게 웃으며 우리 위에 앉았다. 현도가 키를 꽂고 시동을 거는 순간 할배가 이상한 얘길 꺼냈다.

〔앞으로 고생하게 될 거야.〕

"현도, 치킨이 낫냐 피자가 낫냐?"

"치킨이 낫지. 피자는 금방 식어서 우리가 욕먹거든."

이 새끼들이 이따 저녁으로 치킨을 먹으려고 하나, 하고 생각하던 그때 시끄러운 배기음을 뚫고 할배가 소리쳤다.

〔우리 이제 일해!〕

〔일?〕

할배는 녹슬어버린 머플러에서 기침하듯 매연을 뿜으며 〔배달!〕이라고 외쳤다.

마을은 해변에 면한 작은 관광지였다. 지역 인구수는 육천명 남짓인 한적한 동네였지만 휴가철만 되면 관광객들로 붐볐다. 펜션 단지 몇곳을 조성하고 자연경관을 꾸미는 등 지자체가 나름대로 힘을 쓴 덕이었다. 관광객이 몰리는 시기는 마을의 몇몇 아이들에게는 축제 기간이나 다름없었다. 그들은 펜션 투숙객이 바다에 나간 틈을 타 가방과 지갑 등을 훔쳤다. 이들에게는 별다른 가책이나 죄의식이 없었다. 단지 재미와 허세로, 남의 것이 탐나서 혹은 당장 쓸 돈이 필요해서 범죄를 저질렀다. 그러나 리스크가 큰 도둑질에 질린 아이들은 나중에는 비교적 안전한 일탈과 수입원을 원했다. 그래서 시작한 것이 배달 대행이었다.

"안녕하세요, 대우 형."

이튿날 오후, 현도와 도림은 어느 오래된 자전거 수리점을 찾았다. 하와이안 셔츠를 입은 빡빡머리가 입구 앞에 펼친 간이 낚시의자에 앉아 있었다. 이십대 중반쯤으로 보이는 그는 현도의 친척 형으로 동네 아이들에게 오토바이 훔치는 기술을 알려준 장본인이었다. 그리고 이 마을 배달 인력을 모조리 통제하는 수완가이기도 했다.

근방 음식점들은 성수기를 제외하곤 배달 요청이 많지 않아서 대체로 전속 배달원을 고용하지 않았고 워낙 후미진 상권이라 전문 대행업체도 부재했다. 그래서 그때그때 대우가 알선해주는 '동생들'을 일일 배달원으로 고용했는데 대우는 일을 주선할 때 음식점과 아이들로부터 짭짤한 수수료를 챙겼다. 그를 거치지 않고서는 매장은 배달원을 구할 수 없었고 아이들 역시 일을 소개받지 못했다.

〔오토바이가 있는 애들에게만 일을 준대. 그것도 제대로 도색을 하고 번호판까지 바꿔야 한다나. 도난당한 오토바이라는 게 걸리면 골치 아프니까.〕

할배의 말대로라면 이 동네 아이들이 오토바이를 훔치는 풍토가 생긴 것은 다 저 대우라는 녀석 때문이었다.

"도림이라고 했지? 현도랑 너는 오늘 저 고개 너머 치킨집."

누군가와 통화를 주고받은 대우는 하품하며 현도와 도림에게 일거리를 주선했다. 대우의 주선은 그날 특정 가게를 전담하는 기사를 지명하는 방식과 이른바 '건 바이 건'으로 그때그때 콜이 들어오면 대기하고 있던 인력을 주선하는 방식 두가지로 나뉘었다. 언제 어디로 가야 할지 모르는 후자보단 전자가 여러모로 편했다. 대우라는 녀석 나름대로 현도와 도림을 챙겨준 눈치였다. 그들은 대우에게 고개를 끄덕여 보이고는 자리를 옮겼다. 일자리를 찾아 주변에 대기하고 있던 아이들이 먼저 호명된 두 사람을 고까운 눈초리로 흘겨봤다.

도림은 무척 긴장한 얼굴이었다. 현도는 할배를 타고

종종 배달 대행을 했지만 도림은 완벽한 초짜였다. 그는 할배 위에 올라탄 채 치킨집 앞에서 콜이 들어오길 기다렸고 비교적 일이 익숙한 현도는 매장 안으로 들어가 자잘한 일손을 거들었다. 오후 다섯시가 되기 무섭게 배달 전화가 빗발쳤다. 현도와 도림은 각자 펜션 단지 두어군데씩을 나눠 맡고 치킨을 배달했다. 아무래도 내 속력이 할배보다 빠른 탓에 현도가 더 먼 장소들을 오가기로 했다. 그렇게 배달을 떠났다가 돌아오기를 몇시간이나 반복했다. 가로등도 얼마 없는 어두운 밤길을 어린 배달원들의 오토바이가 뿜는 불빛이 수놓았고 도로 위에는 배기음이 끊이지 않았다.

그날의 업무가 종료될 자정 무렵, 한 컨테이너 뒤에 숨어 있던 현도가 배달에서 돌아오는 도림을 불렀다. 할배를 근처에 세운 도림 곁으로 치킨이 담긴 봉투를 들고 현도가 다가왔다. 그는 고무줄로 묶인 박스를 슬쩍 열고 그중에 한 조각을 들어 도림에게 건넸다.

"엉치살이야. 이게 진짜 맛있는 부윈데 사람들이 잘 모르더라."

"이거 먹어도 되는 거야?"

"다리나 날개 아니면 없어져도 티 안 나."

도림은 현도가 건네준 치킨 조각을 맛있게 먹어치웠고

현도는 그런 도림을 흐뭇하게 바라봤다.

"일하고 싶단 애들 널렸는데 특별히 너니까 추천한 거야. 앞으로 잘해."

"응, 알았어."

현도와 도림은 담배를 피우며 키득거렸다. 업무를 마친 두 사람은 일당을 현금으로 받고 치킨집을 나섰다. 그리고 낮에 들렀던 해변의 구멍가게로 향했다. 그곳엔 오늘 배달원으로 일했던 서른명 남짓한 아이들이 오토바이의 헤드라이트를 켜고 모여 잡담을 나누고 있었다. 둘을 알아본 몇몇 아이가 알은체를 해왔다.

"PCX야? 간 큰 새끼, 이걸 쌔볐네."

"도림이 너는 뭐냐 그게."

"현도가 타던 거잖아. 물려받았냐?"

한 아이가 할배를 두고 고갯짓을 해 보였고 도림이 억지 미소를 지었다. 현도가 웃음을 참으며 아이들을 말렸다. 한 아이가 도림의 동의도 구하지 않고 할배의 시트 위에 올랐고 도로로 나가 험하게 속력을 올렸다. 동체를 좌우로 쓰러질 듯 번갈아가며 기울이는 기술을 선보였는데 자칫하면 옆면이 길게 긁힐 뻔했다. 나는 할배가 지르는 비명을 들었다. 그 광경을 지켜보며 도림을 제외한 아이들이 깔깔댔다.

무리의 시선이 할배에게 집중된 사이, 담배를 입에 문 한 소년이 다가와 나를 유심히 살폈다. 나를 무덤에 버린 녀석이었다. 그는 표정을 구기며 현도에게 말을 붙였다. 주변이 시끄러웠던 탓에 자세한 이야기는 들리지 않았다. 무슨 얘기를 들었는지 현도는 고개를 저으며 무언가 부정하는 제스처를 보였다. 담배를 문 소년은 차갑게 웃었다. 소란스러운 와중에도 "너도 그러다 뒤진다"라는 말소리가 또렷이 들렸다. 현도는 소년을 향해 가운뎃손가락을 올려 보였다.

인적 없는 길목에 별안간 누더기같이 튜닝한 승용차 한대가 나타났다. 바퀴부터 프레임까지 형형색색이고 트렁크 커버 위로 날개형 스포일러를 달아둔 구형 아반떼였다. 열린 창문으로 우퍼에서 뿜어내는 뭉개진 비트가 들려왔다. 헤드라이트와 음악을 켠 채 대우가 아반떼에서 내렸다.

"내일도 일해야 하니까 적당히 먹고 들어가자."

대우는 아이들을 시켜 아반떼 뒷좌석에서 캔 맥주 네짝과 소주 세짝, 피자와 치킨 몇 박스를 꺼냈다. 어차피 학교에서 잠만 퍼질러 자거나 아예 등교조차 않는 놈투성이라 밤새워 놀 작정인 모양이었다. 아이들은 오늘의 노동과 미래의 영광을 자축하며 술을 마셨다. 각자 돈을 벌면 무엇을 사고 어떻게 놀 것인지 열을 올리며 계획을 늘어놓았다. 그들은 부자가 될 생각에 잔뜩 고무되어 있었다. 바이러스로 인한 배달 특수 기간이었다. 역병이 창궐해도 오히려 관광객이 늘어 마을 경제는 호황이었다.

"얼마 벌었냐?"

"스무번 정도 다녀왔으니까, 대우 형 수수료 떼고 사만원?"

"돈 많이 벌면 우리도 나중엔 차 타고 다니겠지?"

"오토바이를 버리는 방법은 몸에 철심을 박거나 죽거나 둘 중 하나야."

"지랄."

〔고생 많았다, 루피.〕

시끌벅적한 와중에 피로함이 묻은 목소리로 할배가 말했다. 그러나 나는 대꾸하지 못했다. 종일 쉼 없이 달린 탓에 바퀴와 엔진이 불에 타는 것처럼 아팠지만 그 정도는 버틸 만했다. 그보다는 정신적인 통증이 더 심각했다. 차라리 죽어서 진창 아래로 끝없이 잠기는 편이 훨씬 행복할 것만 같았다. 그러나 이런 속내를 내색할 순 없었다. 나보다 할배가 더 힘들어 보였기 때문이다.

그날을 기점으로 밤낮없이 음식을 배달하고 축사로 돌

아오는 일상이 반복됐다. 관광객들은 아침과 점심에도 식사와 음료, 디저트를 주문했고 무식하게 기운만 넘치는 현도와 도림은 술에 취해 곯아떨어진 와중에 알람 소리는 못 들어도 대우의 연락은 놓치지 않았다. 현도는 마치 엔진이 언제 폭발할지 테스트하듯 나를 혹사했다. 하지만 한편으로는 나를 애지중지했는데, 배달이나 정비할 때를 제외하곤 웬만해선 나를 몰고 다니지 않았다. 공연히 시내에 나갔다가 한눈 판 사이 도난당하거나 동네 형들에게 빼앗길 우려가 컸기 때문이다.

축사는 도림의 아버지 것이었다. 젊은 시절 축산업으로 큰돈을 만진 그는 몇해 전 가축을 모조리 처분하고 시내의 한 공장을 인수했다. 수익과 비교하면 도림에게 건네는 용돈은 액수가 그다지 크지 않았지만 또래 사이에서 도림의 집은 형편이 어렵지 않았다. 현도와 달리 말이다.

"이거 보이냐?"

도림은 고가의 스마트워치를 찬 손목을 현도 앞에서 흔들어 보였다. 내 몸에 새롭게 긁힌 자국을 스프레이로 도색하던 현도는 보는 둥 마는 둥이었다. 도림은 한달 넘게 번 돈으로 비싼 지갑이며 옷을 사고 현도에게 자랑했다. 방수가 된다느니 자신이 죽을 위기에 처하면 119에 신고해주는 기능이 있다느니 하는 말을 한바탕 늘어놓기 시작하자 현도가 나지막이 말했다.

"그럼 뭐 하냐. 네 오토바이는 할배인데."

"거지처럼 주워온 걸로 더럽게 유세 떠네."

"나한테 물려받은 거 타고 다니는 새끼가 말이 많아."

현도와 도림 사이에 대화가 끊기고 한동안 축사 안에는 스프레이 뿌리는 소리만 들렸다. 두 사람은 그 뒤로도 서로 상처 입힐 만한 이야기를 주고받았다. 둘의 신경전에 물린 내가 짜증을 냈다.

〔또 시작이네.〕

〔애증이지. 서로 좋은데 미우면 답도 없다.〕

할배가 그렇게 일축하긴 했으나 속없이 자신의 소비를 자랑하는 도림에게 나조차도 분노가 치밀었다. 이 마을 아이들이 물건을 훔치거나 배달업에 투신하는 동기는 크게 두가지였다. 일탈을 원하는 축과 생계가 어려운 축. 도림은 전자에 속하는 유형으로 돈이 급한 건 아니었다. 그러나 또래 무리에게 인정받기 위해 일종의 유행을 따라가는 데 혈안이 돼 있었다. 이를테면 오토바이를 훔치거나 타는 행위 같은 것. 그리고 그게 고가의 오토바이면 더할 나위 없었다.

현도는 후자에 속했고 당장 생활비가 급한 입장이었다. 그는 아버지와 단둘이 살았는데 하필이면 그 아버지라는 인물이 마을에서도 알아주는 한량이었다. 때리고 부수고 마시는 일을 직업처럼 여기는 그런 사람. 도림과 입씨름을 하는 지금도 현도는 아버지에게 맞은 흔적으로 오른쪽 눈가가 까맣게 부어 있었다. 현도는 돈을 모아 시내에 방을 얻어 독립할 계획이었다.

이런 현도의 사정을 잘 알면서도 도림은 철없는 언행을 멈추지 않았다. 나보다 더 오래 도림을 지켜본 할배의 의견으론 일종의 열등감 표출이었다. 사람이란 둘 이상 모이면 나름의 위계가 형성되기 마련이고 도림은 은연중에 현도를 강자로 인식했다. 물리적인 힘이 더 센 것도 오토바이 절도라는 비행을 주도한 것도 현도였던 탓에 자신보다 더 성숙하고 우월한 존재로 여기는 듯했다. 말하자면 도림은 현도와 동등한 계급이 되고 싶은 모양이었다.

한편 현도는 금전적으로 어려울 때 도림에게 도움을 받았다. 도림에게 고마움과 부담을 동시에 느끼는 낌새였다. 그럼에도 두 사람은 서로를 좋아했다. 그들은 한시도 떨어지려 하지 않았다. 진심으로 상대를 싫어한다면 있기 어려운 일이었다. 한발 떨어진 곳에서 지켜보는 나와 할배는 두 사람의 미묘한 불화를 눈치챘지만 정작 당사자들은 깨닫지 못했다. 관계를 셈하는 공식은 각자마다 다른 법이라지만 나로서는 이해하기 어려운 우정이었다.

"한바퀴 돌자."

지루하게 이어지던 기 싸움 끝에 도림이 말했다. 꼬리를 말았다기보다는 한발 물러나준다는 태도였다. 현도는 대꾸 없이 장비를 내려놓고 작업을 마무리했다. 두 사람은 나와 할배를 끌고 껄끄러운 동네 형들과 마주치지 않기 위해 최대한 사람이 없는 노선을 달렸다. 그리고 배달하는 아이들이 자주 모이는 구멍가게 옆 공터에 다다랐다. 그곳에는 콜을 기다리거나 금방 배달을 다녀온 아이들 몇몇이 담배를 피우고 있었다. 가까이서 살핀 그들의 표정에 근심이 어려 있었다. 으레 하던 도림에 대한, 정확히는 할배에 대한 조롱도 거르고 심각한 대화를 나누는 중이었다.

형들 중 한 사람이 시내에서 오토바이를 도둑맞았다. 후배에게서 갈취한 물건이었다. 그런데 하필이면 최종 도난범이 교통사고를 냈고 조사 중에 오토바이가 도난 신고된 물건이란 사실이 밝혀졌다. 결국 맨 처음 그 오토바이를 훔친 아이가 경찰에 잡혀갔다. 체포당한 녀석 입에서 자신과 함께 오토바이를 훔친 동료들의 이름이 튀어나왔다. 예상보다 규모가 큰 사안이란 걸 깨달은 관할 경찰서에서 대대적인 수사에 착수하기로 했다는데 마을의 오토바이 도난과 유통이 얽히고설킨 고구마 줄기 같은 상황인

터라 자칫하면 오토바이를 타고 다니는 아이들 모두 경찰서에 출두할 판이었다.

　이 일에 관해 대우는 잠자코 있으라고만 할 뿐 별다른 대안을 구해주지 않았다. 이미 몇몇 아이들은 수사망이 더 좁혀오기 전에 무덤에 오토바이를 굴려 빠뜨린 모양이었다. 줄담배를 뻑뻑 피우며 한숨을 내쉬던 한 아이가 도림을 바라보며 진심으로 부럽다는 듯 말했다.

　"도림이는 좋겠네. 네 거는 누가 신고나 하겠냐?"

　그 말을 들은 도림의 얼굴이 눈에 띄게 굳었다. 그는 인사도 없이 할배와 함께 자리를 떴다. 현도는 다른 아이들과 조금 더 대화를 나눈 뒤 축사로 돌아갔다. 도림은 축사 한 구석에 마련한 테이블 앞에 앉아 안주도 없이 소주를 마셨다. 도림의 분위기가 심상치 않았지만 현도는 눈치채지 못한 기색이었다. 현도는 도림의 술상에 있던 캔맥주 하나를 들고 뚜껑을 땄다.

　"난 루피 안 버려. 절대."

　말은 그렇게 했지만 현도는 혼란스러운 눈치였다. 자칫하면 인생 계획이 크게 차질을 빚을 게 뻔했으니 당연한 반응이었다. 어린 나이에 범죄자 딱지를 얻고 싶을 리 없었다. 한편 도림의 마음을 어지럽히고 있는 사안은 현도가 가진 고민과 달랐다.

"하나만 더 훔치자."

현도가 나를 버리고 배달을 그만둬야 할지 심각하게 고민하고 있을 때 도림은 새로운 오토바이를 훔쳐 오자고 제안했다. 현도는 노발대발하며 도림을 윽박질렀다. 경찰이 절도범을 잡겠다고 눈에 불을 켜고 있는데 또다른 범죄를 저질러서 좋을 리 만무했다. 그러나 도림에겐 당장 자신이 느낀 모멸감을 해소하는 것이 우선이었다. 무리에서 무시당하지 않기 위해 도림은 오토바이가 필요했다. 훔친 물건이면서 값비싼 오토바이가.

"약속했잖아. 내가 탈 것도 구해준다며."

"그냥 사 새끼야. 돈도 많으면서 뭐 하러 훔쳐?"

"그럼 나한테 루피 팔아. 너 돈 필요하잖아."

현도는 주먹을 말았다가 펴며 도림을 죽일 듯이 노려봤다. 도림은 원망하는 눈빛으로 현도를 마주 응시했다. 당장에라도 주먹다짐이 일어날 것만 같던 그때 현도의 핸드폰이 울렸다. 급하게 전화를 받고 네, 형이라며 굽실거리는 걸 보니 대우의 전화인 모양이었다.

〔기분 좋겠네. 널 두고 싸우고 있잖아.〕

불쑥 할배의 목소리가 들렸다. 장난기 넘치던 평소와 달리 사뭇 진지한 어조였다.

〔쓸모가 있다는 건 좋은 거지. 살아가는 데 그만한 연료

가 또 없는 법이니까.〕

할배의 속 편한 소리에 화가 치밀었다. 멋대로 주위 와
서 혹사할 때는 언제고 버리니 마니 하는 소리를 듣고 있
는 입장에선 대단히 거슬리는 이야기였다.

〔헛소리 마. 이건 제대로 사는 게 아니야.〕

할배가 낮게 웃었다.

〔잘 들어 루피. 죽고 사는 일보다 더 끔찍한 건, 쓸모를
잃고 버림받는 거야.〕

대우와 통화를 끝낸 현도는 남은 맥주를 단번에 비웠
다. 그러고는 도림을 한번 노려본 뒤 찌그러뜨린 캔을 던
지고 축사를 떠났다. 현도가 던진 캔은 깡, 소리를 내며 할
배를 때렸다.

현도는 일했다. 본격적인 오토바이 도난 수사가 시작됐
다는 소식과 함께 반절이 넘는 아이들이 오토바이를 버
리거나 종적을 감췄다. 개중 몇몇은 경찰에게 끌려가 조
사를 받았다. 이 일로 인력이 급감하자 대우는 현도를 비
롯한 몇몇에게 일을 과중하게 맡기기 시작했다. 20건 정
도 하던 일을 30건, 많으면 40건도 넘게 소화했다. 대우가
특별히 수수료도 덜 떼겠다고 약속한 덕에 현도는 나를
버릴지 말지 고민하던 일 따위는 잊고 악착같이 일하기

로 결심한 모양이었다. 잠도 제대로 못 자고 일했고 정비도 제대로 하지 않은 채 험하게 달렸다. 나는 아프지 않은 구석이 없었고 종종 시동이 걸리지 않는 고장마저 생겼다. 현도는 차라리 죽는 게 낫겠다며 버릇처럼 한숨을 내쉬었다.

한편 도림은 배달을 나서지 않았다. 처음엔 대우의 콜에 몇번 응했으나 할배를 타고 다니는 일 자체를 수치스러워한 나머지 의욕을 완전히 잃었다. 일에 불성실하게 임하다가 고객과 점주에게 클레임을 받자 도림은 배달 도중 무단으로 업무에서 이탈했다. 이 소식을 들은 대우는 도림을 소개한 현도에게까지 욕설을 퍼부었다.

현도는 도림을 탓하지 않았다. 대신 도림에게 말도 걸지 않았고 눈에 보이지도 않는 사람 취급했다. 할배는 하루 대부분을 축사에 홀로 남겨진 채 보냈다. 외로움을 많이 타던 할배는 온종일 일을 하고 축사에 돌아온 내게 적극적으로 대화를 시도했지만 대꾸할 여력이 없었다. 전에 할배가 건넨 속없는 말 때문에 화가 풀리지 않은 것도 사실이었다. 상황이 이렇다보니 나와 할배 사이에도 어색한 기운이 감돌았다.

새벽부터 폭우가 쏟아지던 어느 날, 도림이 우비를 입은 채 축사를 찾았다. 술에 취한 도림은 손에 공구박스와 집게형 철근 절단기를 들고 있었다. 자전거 자물쇠나 케이블을 끊을 때 쓰는 물건 말이다. 도림은 내게 다가와 운전대 쪽을 유심히 살폈다. 도림은 선을 끊어낼 작정이었다. 이 마을 아이들의 생활양식이란 게 훔치거나 빼앗거나 둘 중 하나라지만 술김에 절친한 친구의 오토바이마저 훔치리라곤 생각지도 못했다. 도림은 현도처럼 오토바이의 구조를 잘 알지 못했다. 더듬더듬 카울과 키박스를 뜯어내고 시동선을 찾으려 애썼다. 마치 폭발물을 해체하는 사람처럼 땀을 뻘뻘 흘리며 어떤 선을 자를지 고민했다.

〔네가 부러워.〕

할배가 기운 없는 목소리로 말을 꺼냈다. 그 말에 울컥 화가 나 내게 왜 이러느냐고 따져 물었지만 할배는 답하지 않았다. 그사이 도림은 시동선 접지에 성공했다. 술 냄새를 풍기며 시트에 오른 도림이 손으로 스로틀을 단단하게 감았다. 소음기를 제거한 머플러에서 굉음이 뿜어져 나왔다. 축사를 떠나기 직전, 비참하다고 말하는 할배의 목소리를 들었다.

도림과 나는 폭우를 뚫고 차도에 나섰다. 노면이 미끄러웠고 취기가 오른 도림의 운전은 거칠었다. 가로등도 드물어 길은 몹시 어두웠다. 이런 상황에서 속력을 높이는 바람에 조금만 삐끗해도 크게 휘청거렸지만 도림은 아랑곳하지 않았다. 천만다행으로 도로에는 통행하는 차량이나 사람이 없었다. 나는 두려움에 사로잡혔다. 이대로면 죽을지도 모른다고 소리 질렀지만 도림의 귀에는 들리지 않았다. 만일 도림이 내 목소리를 들을 수 있었다면 귀가 먹었을 것이다. 나는 저주를 퍼부었다. 현도와 도림을 향해, 허락도 없이 내 삶을 강탈해온 모든 타인을 향해 원망을 쏟아냈다. 결국 우리는 균형을 잃고 쓰러졌다.

빗물이 고인 아스팔트 위를 길게 미끄러진 우리는 도로 옆 도랑에 빠졌다. 수풀 속에 파묻힌 도림은 한참을 꼼짝도 하지 않았다. 빗발이 약해지자 울음소리가 들렸다. 잠시 후 도림은 비척거리며 몸을 일으켰다. 우비와 옷이 찢어지고 얼굴에 잔상처가 보였지만 크게 다친 기색은 없었다. 나 역시도 흙먼지가 묻고 여기저기 긁히긴 했지만 고장 난 부분은 없었다. 안도감과 기묘한 아쉬움이 함께 들었다. 도림은 손목에 찬 스마트워치를 살폈다. 어딘가에 부딪쳤는지 금이 가 있었다. 그는 우울한 표정으로 나를 도로 위에 세웠다.

"어?"

축사로 돌아온 도림은 할배가 사라진 자리를 보고 멍청한 표정을 지었다. 그는 불안한 기색으로 축사 안을 서성였다. 약해졌던 비가 다시 거세게 떨어지는 소리가 들렸다. 도림은 핸드폰을 들어 누군가에게 통화를 시도했지만 상대는 받지 않았다. 현도가 돌아올 때까지 기다릴 작정이었는지 축사 한편에 준비된 의자에 앉았다. 그리고 핸드폰을 손에 꼭 쥔 채 테이블에 놓여 있던 먹다 남은 소주병에 입을 댔다. 밖에서는 하늘이 주저앉을 것처럼 비가 내렸고 바람이 불어 축사 외벽에 거칠게 부딪쳐왔다.

핸드폰이 울렸다. 전화를 받은 도림이 축사 밖으로 뛰쳐나갔다.

장마가 시작됐다. 장대비가 쏟아지는 동안 축사에는 아무도 돌아오지 않았고 나는 생각이 물줄기를 타고 끊임없이 흐르도록 방치했다. 죽은 소년과 도로 위에 고인 핏물, 절뚝거리는 다리를 이끌고 다급하게 축사 밖으로 뛰쳐나가던 도림과 비참함을 고백하던 할배의 모습이 차례로 재생됐다. 오랫동안 한 장소에서 홀로 노인을 기다렸다는 할배의 이야기가 떠올랐다. 이런 기분이었을까. 언제 끝날지 모를 기다림 속에 홀로 내버려지는 것은 지독하게 무섭고 끔찍한 일이었다. 죽고 사는 문제보다 더.

우울과 공포가 풍랑처럼 밀려왔다가 물러가기를 반복한 지 꼭 3주가 지났다. 온 세상을 떠내려 보낼 듯하던 비가 그치고 하늘에 무지개가 드리웠다. 그리고 도림이 축사를 찾았다. 아직 상처가 다 아물지 않았는지 얼굴에 반창고를 붙인 채였다. 그는 표정 없는 얼굴로 내 시트 위에 올랐다.

오래도록 비를 맞아 진흙 천지가 된 산길에 무섭게 부피를 키운 야생초들이 따갑게 스쳤다. 우리는 늘 그랬듯 인적이 드문 노선을 따라 달렸다. 얼마 지나지 않아 익숙한 해변 도로에 다다랐다. 수면에 부딪혀 조각조각 깨진 햇살이 날아들었다. 바닷바람을 가르며 구멍가게에 도착했다. 그곳에서 도림은 멍하니 담배를 피웠다. 연달아 세 번째 담배에 불을 붙였을 무렵, 구형 아반떼가 나타났다. 운전석에서 하와이안 셔츠를 입은 빡빡머리가 내렸다.

"여기 있었어?"

대우는 웃는 얼굴로 다가와 대뜸 도림의 턱에 주먹을 꽂았다. 그는 바닥을 구르는 도림을 향해 발길질하며 욕설을 쏟았다. 맥락이 분절된 비난이 이어졌다. 그의 이야기 속 어디에도 현도와 할배에 관한 정보는 없었다. 도림을 죽일 듯이 구타하던 것을 끝내고 대우는 숨을 몰아쉬며 내 쪽을 바라봤다. 분노와 혐오로 일그러진 얼굴이었다.

잠시 후 대우는 교통사고를 당한 사람처럼 흙바닥 위에서 바르작거리는 도림을 두고 사라졌다. 아반떼가 떠나가자 도림은 신음하며 기다시피 내게 다가왔다. 먼지 묻은 소매로 얼굴에 묻은 피를 닦은 도림이 시동을 걸었다.

우리는 숲길을 달려 한 야산 중턱에 멈췄다. 20미터 벼랑 아래로 늪지대가 보였다. 그곳은 무덤이었다. 도둑맞은 물건들이 그 쓰임을 다해 버려지고 죽음을 언도받는 장소였다. 장마로 빗물이 잔뜩 고여 늪이 아니라 저수지라고 불러도 좋을 광경이었다. 노을로 붉게 물든 그곳이 내 눈에는 타오르는 지옥불 같았다. 도림은 긴 시간 꼼짝도 않고 낭떠러지 밑을 주시했다. 일종의 애도나 의식에 가까운 태도였다. 하지만 저 밑에 나를 던져야만 이 의식이 비로소 완성된다는 사실을 도림은 잊지 않았다.

"애초에 널 데려오는 게 아니었는데."

이 말을 마지막으로 도림은 나를 낭떠러지 밑으로 밀었다. 내가 수면 위로 떨어졌을 때, 절벽 위에서 도림은 울고 있었다. 그는 한동안 오열하다가 몸을 돌려 모습을 감췄다.

흙탕물에 떨어진 나는 점차 더 깊숙한 곳으로 가라앉았다. 주변에는 먼저 버려진 오토바이 여러대가 보였다. 좌초한 유령선처럼 물에 잠긴 그들은 침묵을 지켰다. 그들 사이로 반파된 구형 스쿠터 한대가 보였다. 구십년에 출시된 택트였고 내가 잘 아는 오래된 오토바이였다. 그는 전면이 박살난 채 내부 구조를 훤히 내보였고 한쪽 손잡이가 부러져 있었다. 할배는 죽어 있었다.

이곳은 무덤이었다. 도난당한 삶을 살다가 떠난 이들이 안식을 찾은 광경은 숙연하고 비참했다. 죽어가는 나의 비명에 응답할 수 있는 자는 없었다. 누군가 내 목소리를 들었다면 귀가 먹었을 것이다. 나는 기도했다. 아무도 발견할 수 없는 깊은 곳에 가라앉아 영원히 떠오르지 않길. 그리고 다시는 함부로 태어나지 않길. 나는 죽은 것들 한가운데 누워 천천히 물에 잠겼다.

굿바이
레인보우

손님이 나타났다. 문 앞에 걸어둔 CLOSED 팻말을 보지 못한 걸까. 잠깐 부엌을 정리하는 사이 그는 태연한 표정으로 창가 자리를 차지하고 앉았다. 익숙한 얼굴이었다. 한동안 발길이 뜸했지만 한창때는 일주일에 한두번은 꼭 방문하던 단골이었다. 단골이고 나발이고 황당하기는 매한가지였지만.

그는 누군갈 기다린다고 했다. 기다리는 사람이 오면 그때 음식을 주문해도 좋을지 동의를 구했고 나는 아직 영업 준비 중이라는 말로 상황을 모면하고자 했다. 그러나 제발 머물게만 해달라는 손님의 애원에 결국 입을 다물고 말았다. 한 가게의 매니저로서 적절한 대처를 보이지 못한 데는 복잡한 사정이 있었는데, 사실 오늘은 우리 가게의 폐업일이었던 것이다. 그는 오늘의 개시 손님이자 이십년 역사를 자랑하는 일식집 '레인보우야(屋)'의 마지막 손님이었던 것이다. 뭐라 설명하기 어려운 기운에 휘말린 나는 이 예상 밖의 방문을 차마 거절하지 못했다.

430밀리 크림 생맥주를 마시며 손님은 속내를 읽기 어려운 얼굴로 창밖을 바라봤다. 창을 통해 가게 출입문과 면한 목제 테라스가 보였다. 테이블과 의자를 치워 황망한 테라스 너머로는 복잡한 소송에 걸려 입주가 허가되지 않았다는 신축 오피스텔이 눈에 들어왔다. 진입을 불허한다는 뜻으로 주차장과 오피스텔 입구에 긴 쇠사슬이 걸린 광경은 그렇지 않아도 비좁고 삭막한 골목을 더욱 살풍경하게 꾸몄다.

오래지 않아 해가 지고 어둠이 실내를 드리웠다. 두잔째 맥주를 비우는 동안 그가 기다린다는 사람은 나타나지 않았다. 테이블 위에 달린 주광색 전구가 마치 무대에 홀로 남은 배우 위로 꽂히는 스포트라이트처럼 그를 비췄다. 너무 낡은 연출 같아서 뻔하다는 생각이 들었지만 한편으로는 역시 오래 살아남은 기법엔 이유가 있다며 감탄했다. 그는 늘 옆자리를 지키던 동행을 기다리는 모양이었다. 친구보다는 연인으로 보였던 그 사람의 얼굴 역시 어렴풋이 기억났다. 오래된 요식업집의 직원이 해야 할 일이란 그런 것이었다. 사람을 기억하고 기다리는 일 말이다.

'그런 거지, 뭐.'

사장님은 체념 섞인 미소를 지으며 말하곤 했다. 우리에게 손님이란 때로는 느닷없이 찾아오는 천재지변 같았다. 홀에 사람이 가득 차서 잠시도 쉬지 못하고 움직이는 날이 있는가 하면 손님이 없어서 스마트폰만 만지작거리다 퇴근하는 경우도 있었다. 우리에게 문제가 있는 건 아닐까 하는 걱정에 매장 상태를 점검하고 새로운 메뉴를 만들거나 소소한 이벤트를 꾸려 SNS에 홍보도 해봤지만, 장사가 안되는 날은 때려죽여도 안됐다.

그래서 나와 사장님은 믿기로 했다. 똑같은 공간에서 똑같은 상태로 자리를 지키고 있는데 상황이 급변했다면, 그것은 우리 탓이 아니라 외부 요인 때문일 것이라고. 근처에 동종 업체가 개업했거나 연휴라 사람들이 여행을 떠나 동네 상권이 전반적으로 활기를 잃었거나 하는 등의 변수처럼 말이다. 비가 오는 날에 손님이 많으면 '비가 와서 장사가 되나보다' 여겼고 반대로 손님이 적으면 '비가 와서 공치나보다' 했다. 누군가 저 문을 열고 들어올 것이라 믿으며 착실히 준비하는 것 외엔 달리 할 수 있는 게 없었다. 그렇게 기다림에 숙련됐다.

"아직 연락 없어요?"

주방 바로 근처 작은 간이 테이블 앞에 앉은 소미가 불만스러운 투로 물었다.

"무슨 일 생긴 거 아니에요? 저녁에 보자고 한 건 사장님이었잖아요."

"아, 어련히 오시겠죠. 뭐가 그렇게 급해요?"

소미 맞은편에 앉아있던 동우는 스마트폰으로 게임을 하며 무심하게 핀잔을 늘어놓았다. 소미는 동우 쪽은 쳐다보지도 않고 창가에 앉은 손님을 살피며 한숨을 내쉬었다.

"참 눈치도 없다."

오늘이 폐업일이라고 따로 언질하진 않았지만 십이평 남짓한 홀에 손님이라곤 자신밖엔 없는 상황과 제대로 개장 준비를 마치지 않아 어수선한 홀 분위기를 읽지 못한 손님을 두고 던진 말이었다. 나 역시 크게 다르지 않은 마음이어서 소미를 나무라진 않았다. '이제 곧 가시겠지'라며 혼잣말처럼 중얼거릴 따름이었다.

우리의 대화를 듣기라도 한 듯 그가 자리에서 일어났다. 신세를 졌다며, 다음에 오면 매상을 많이 올려주겠다고 말하며 카드를 건넸다. 나는 최대한 따뜻한 미소를 짓고자 애쓰며 비로소 오늘이 폐업일이라는 사실을 그에게 알렸고 '저희 가게의 마지막 손님이니 계산은 괜찮습니다'라고 말하며 카드를 다시 건넸다. 카드를 돌려받은 그는 오래전에 알고 지내다 이제 와서는 사이가 애매해진 지인의 부고라도 들은 사람처럼 갈피를 잡지 못했다. 내심 '그동안 신세 많았습니다' '아쉬워요' '고생 많으셨습니다'라는 의례적인 코멘트라도 들을 줄 알았지만 그는 어눌한 목소리로 '다음에 또 오겠습니다'라는 말만 남기고 가게 문을 나섰다.

손님이 떠나자마자 문을 걸어 잠갔다. 창가에 커튼을 쳐 바깥에 불빛이 새어나가지 않도록 조치하고 실내 조도를 낮췄다. 동우는 홀 한가운데 4인용 테이블 위로 젓가락, 앞접시, 재떨이로 쓸 종이컵 등을 세팅했고 그사이 소미는 크림 생맥주 석잔을 따라왔다. 맥주 7 크림 3, 넘치지도 모자라지도 않는 멋진 비율이었다. 레인보우야의 베테랑 직원 셋이 일사불란하게 움직이자 순식간에 그럴싸한 술자리가 마련됐다. 블랙잭이나 하다못해 섯다라도 쳐야할 것 같은 분위기 속에서 우리는 불붙은 담배를 입에 물고 맥주잔을 부딪쳤다.

내가 10년, 소미가 4년, 동우는 2년. 각각 레인보우야에서 근무한 기간이었다. 그간 여러 아르바이트생이 거쳐 갔지만 그중에서도 이 둘과는 추억이 많았다. 그 추억이란 전적으로 술자리였다. 우리 모두 술을 몹시 좋아했다. 영업을 종료한 후 곧잘 술자리를 만들었는데 손님이 빠져

나간 홀에 둘러앉아 술잔을 부딪치는 모습은 이미 일상에 가까울 지경이었다. 물론 이 일상적인 풍경에는 늘 사장님이 함께였다.

"아직 연락 없죠? 무슨 일 생기셨나."

"잠수 타신 거 아니에요? 왜, 예전에도 그런 적 있었다면서요."

"메시지 왔다."

사장님은 스마트폰 메신저로 '급한 일 때문에 늦을 듯. 먼저들 놀고 있어'라는 짤막한 문구를 보내왔다. 나는 '기다릴게요'라고 답신을 보냈다. 우리는 별다른 대화 없이 담배를 피우며 술을 마셨다.

레인보우야에서 근무한 지 5년째 되던 해, 사장님이 모습을 감춘 일이 있었다. 잠시 쉬고 오겠다는 메시지 이후로 사장님은 보름간 연락이 되지 않았고 그동안 레인보우야는 영업을 쉬었다. 그사이 사장님이 어디에서 무얼 했는지, 여행을 떠났던 건지 혹은 집에 틀어박혀 두문불출한 것이었는지는 그후로도 자세히 캐묻지 않았다. 다만 왜 그랬는지, 무슨 일이 있었던 것인지 조심스럽게 묻자 사장님은 그냥 지쳤던 것 같다고 답했다. 무엇에 그리 지쳤던 것인지 구체적으로 들은 바는 없었다. 사장님과 나는 가족사와 연애사, 상처로 남은 과거 등 내밀한 정서와 사정을 공유하는 관계였고 일과를 대부분 함께하는 사이였다. 그럼에도 불구하고 이해할 수 없고 알아서도 안 되는 영역이 있을 뿐이라고 여겼다. 자신에게마저 설명하지 못하는 감정을 타인에게 전달할 순 없을 테니까.

문밖 목제 테라스에서 삐그덕거리는 인기척이 들렸다. 누군가 신중한 비트로 문을 두들겼고 동우가 자리에서 일어났다. 미리 족발을 시켰는데 때마침 배달이 온 것 같다며 출입문으로 향했다.

"어?"

잔에 묻은 물기를 멍하니 닦던 나는 당황한 소미의 얼굴을 발견했다. 소미는 열린 출입문을 바라보고 있었다. 소미의 시선을 따라 고개를 틀자 경직된 동우의 어깨너머로 방문자의 얼굴이 보였다. 그는 배달원이 아니었다. 사장님은 더더욱 아니었다.

"정말 죄송한데요."

레인보우야의 문을 두드린 사람은 아까 창가 자리에 앉아 있던 그 손님이었다. 비가 내리기 시작했는지 머리와 어깨가 젖어 있었다. 다음에 또 오겠다더니 벌써 올 줄은 꿈에도 몰랐다. '두고 가신 물건이라도?' '혹시 우산이 필요하신 거라면…'이라고 횡설수설하며 서둘러 일어나 손님 앞으로 다가갔다. 그는 고개를 내젓고 처연한 눈빛으로 나를 바라봤다.

"마지막으로 부탁 하나만 들어주시겠어요?"

그 말 뒤에 이어진 얘기를 들은 우리는 당황한 기색을 숨기지 못하고 빠르게 눈빛을 교환했다. 그는 '레인보우 롤'이 먹고 싶다고 했다.

급박한 무언의 작전타임 끝에 직원 셋 중 유일하게 음식을 할 줄 아는 소미가 칼을 들었다. 소미가 어설픈 솜씨로 식재료를 손질하는 사이 나는 전자레인지로 데운 햇반에 비율을 맞춰 단촛물을 비볐다.

"아니, 오빠는 10년을 일해 놓고 어떻게 음식 하나를 못해요?"

소미가 성질을 부렸지만 나는 마땅히 대꾸할 말을 찾지 못했다. 요리에 뜻도 재능도 없는 내게 사장님은 절대 불과 칼을 맡기지 않았고 그 사실을 소미도 알고 있었다. 저 무례하고 이상한 손님의 청을 어째서 우리가 들어줘야 하는지 모르겠다는 불만을 다르게 표현한 것이었다. 강요한 것도 아니었고 정 내키지 않으면 거절하면 될 일이었지만 소미의 마음도 나와 마찬가지인 모양이었다. 우리는 저 손님의 부탁을 거절할 자신이 없었다. 비에 젖은 얼굴 떨리는 목소리라니. 반칙이었다. 더군다나 오늘은 레인보우야의 마지막 날. 이 공간의 마지막 시퀀스라는 특별한 배경 설정이 우리로 하여금 예상 밖의 행동을 하도록 이끌었다.

동우는 우리가 앉아 있던 테이블에 손님을 앉혔다. 원래는 사장님이 합류하면 내어줄 마지막 자리였다. 담배꽁초가 든 종이컵이 손님 앞에 있는 게 신경 쓰여 부엌에서 눈치를 줬지만 동우는 내 시그널을 알아차리지 못했다. 다행스럽게도 손님은 신경 쓰는 기색이 아니었다. 동우는 손님이 불편하거나 어색함을 느끼지 않도록 나름대로 대화를 시도하는 모양이었다. 그러나 손님은 말없이 고개를 아래로 떨어뜨린 채 요지부동이었다. 상황이 그쯤 되자 동우는 겸허히 입을 다물었다.

족발이 도착했다. 배달원은 노골적인 시선으로 실내를 살핀 후 돌아섰다. 인원수를 센 모양이었다. 아직 오후 9시가 되기 전이었고 4인까지는 모임이 성립되는 시기였기 때문에 문제 될 것은 없었지만 어쩐지 위축되고 죄의식이 솟았다. 재난이 도래한 시대의 술자리란 사실상 악행이었으니까.

"이다음에 어떻게 하는 거였죠?"

애써 부엌 쪽에서 일어나는 행태를 외면하고 있던 나를 소미가 호출했다. 도마 위에 놓인 무엇을 목도한 나는 침음을 삼키지 못했다. 롤이란, 길고 크게 자른 김 바깥에 단촛물로 간을 한 밥을 넓게 펴 바르고 안쪽으로는 마요네즈를 무친 크래미살 같은 내용물을 가득 넣어 김밥처럼 마는 요리다. 그리고 그 위로 식재료를 얹는데, 토핑 재료로는 횟감부터 소고기 타다끼 같은 육류나 계란 등 다종다양했다. 레인보우롤은 연어와 광어, 초새우 그리고 아보카도를 두툼하게 썰어 롤 위에 얹는 음식이었다. 그래야만 했고 소미는 그렇게 했다. 하지만 결과물은 그렇지 못했다.

밥은 고르게 펴 발리지 않았고 속을 채운 크래미살은 양이 넘치는 바람에 옆구리로 잔뜩 삐져나왔다. 비포장도로처럼 험악하게 말린 롤 위로 뭉텅뭉텅 썰린 횟감과 깍두기 같은 모양새의 아보카도가 강력한 자기주장을 펼치며 배를 까뒤집고 있었다. 마치 여러 생명체의 시체를 부위별로 뜯어 붙여 기운 뒤 흑마술로 생명력을 불어넣은 듯한 몰골이었다. 당장에라도 이 괴상한 음식이 언제 나를 이렇게 빚어달라고 청했느냐며 비난을 쏟을 것만 같았다. 그러나 나는 손에 칼을 쥔 채 막막한 눈동자로 자신의 창조물을 내려다보는 소미를 탓할 수 없었다.

어제까지만 해도 정상 영업을 했으니 식재료 상태는 훌륭했고 레시피도 동일했다. 문제는 당연히 음식을 만든 사람이 누구인가 하는 데 있었다. 레인보우야의 음식은 모두 사장님 손에서 만들어졌다. 아무렴 대형 일식집에서 정식으로 요리를 배우고 수시로 일본을 오가며 레시피를 공부한 25년 경력 요리인의 기술과 일반인의 실력 사이에는 대한해협보다 더 멀고 깊은 차이가 있을 수밖에 없었다.

결국 그대로 롤을 썰고 플레이팅만큼은 온 힘을 기울인 후 손님 앞에 음식을 내놓았다. 도박판을 방불케 하는 조명과 쓸쓸하게 비어 있는 홀, 테이블 위에 오른 누더기 크리처롤과 김이 모락모락 피어오르는 족발 대자 세트. 그리고 그 앞에 말없이 앉은 직원 셋과 손님 하나. 손님은 우울한 눈동자로 롤을 바라봤고 동우는 젓가락 끝으로 족발을 뒤적거렸다. 내 옆에 앉은 소미는 자그맣게 '씨발'이라고 중얼거리며 담배에 불을 붙였다. 나는 핀잔도 줄 여력이 없어 맥주만 들이켰다.

"제 연인이 이 롤을 참 좋아했어요."

침묵을 지키던 손님이 드디어 말문을 열었다. 그 말을 시작으로 금방이라도 울음을 터트릴 것 같은 얼굴을 하고 우리가 궁금해하거나 물어본 적도 없는 사연을 늘어놓기 시작했다. 경황없이 쏟아진 얘길 종합해본 결과 손님과 연인은 각자 사회생활에 치여 자잘한 싸움이 잦아진 끝에 이별을 맞았다. 그런데 뒤늦게 연인이 없는 세상을 살 자신이 없어진 손님은 마지막이라도 좋으니 함께 다니던 단골가게에서 얘기를 나누자며, 네가 올 때까지 기다리겠다는 메시지를 남긴 것이었다. 그러나 연인은 나타나질 않았고 하필이면 손님이 기다리기로 한 장소가 폐업을 앞둔 레인보우야였다.

"그래도, 깜짝 놀랐어요. 하필이면 레인보우롤을 말씀하셔서요."

"레인보우롤이 왜요?"

내 말에 손님 대신 동우가 물음을 던졌다. 레인보우롤에 얽힌 이야기는 동우는 물론이고 소미도 들은 적이 없을 것이라는 데 생각이 가닿았다. 나는 아이들에게 옛날 이야기를 들려주는 노인이 된 기분으로 말을 이었다.

"사실 이 가게의 상호가 이 롤에서 따온 거거든."

형형색색 다양한 재료가 한 음식에 모인 레인보우롤처럼 다양한 사람들이 모이는 공간이었으면 하는 바람이 담긴 작명이었다. 레인보우롤은 그야말로 레인보우야를 상징하는 음식이었다. 언젠가 사장님께 이 사실을 들은 나는 고개를 주억거렸다. '그렇다면 역시 사장님은 무지개가 성소수자를 상징한단 사실을 이미 알고 계셨군요?'라고 묻자 사장님은 잠시 할 말을 잃었다. 건즈 앤 로지스의 뮤직비디오에 등장했던 록 음악의 성지 '레인보우 바 앤드 그릴'의 그것처럼 레인보우야의 간판은 무지갯빛으로 빛났다. 그리고 그 간판과 상호를 확인한 퀴어들이 종종 가게를 찾곤 했는데 의도한 바라고 생각했기 때문에 사장님께 따로 그 사실을 짚은 적은 없었다. 반응을 보니 거기까지는 안배한 부분이 아니었던 모양이지만, 사장님은 '원래 뜻대로 된 거니까 그거면 됐어'라고 답했다.

무지개와 성소수자에 관한 사장님과의 일화만 쏙 빼놓고 얘기를 한 뒤 손님의 눈치를 살폈다. 손님이 기다린다는 연인이 내 예상 속 인물이라면 무례한 아웃팅으로 입장을 난처하게 만들 순 없는 노릇이었으니까. 소미와 동우는 레인보우야에 관한 새로운 사실을 알게 되어 흥미롭다는 눈치였고 손님은 생각에 잠겨 있다가 떨리는 손으로 젓가락을 들었다.

롤 한점을 한참이나 우물거리던 손님은 입 안에 손가락을 집어넣어 뭔가를 꺼냈다. 투명한 비닐 조각이었다. 롤의 모양을 흩트리지 않기 위해 랩을 길게 씌운 후 칼로 잘랐는데 미처 제거하지 못한 게 손님 입에 씹힌 것이었다. 손님은 결국 울음을 터트렸다.

"하, 씨발. 미안해요."

소미는 손님에게 티슈를 건넸고 나는 맥주를 내왔다.

유일하게 이 불편한 분위기에 적응한 동우만이 속없이 족발을 우적이며 먹었다. 손에 얼굴을 파묻고 훌쩍이던 손님이 불쑥 고개를 들더니 뭔가가 생각났다는 듯 물었다.

"그런데 사장님은 어디 가셨어요?"

예상 밖의 질문을 받은 나는 오늘 그 어떤 말보다 크게 동요했다. 홀 서빙을 맡은 나야 손님을 기억하는 게 일이었지만 반대로 손님이 우리에 관해, 특히 늘 말없이 주방 깊숙한 곳에서 나오질 않는 사장님의 존재를 기억하리라곤 생각지 못했기 때문이다. 사장님은 조금 늦으신다고, 조금 이따가 합류하시기로 했으니 인사라도 나누고 가면 어떠냐고 말을 얼버무렸다. 그때 테라스 쪽에서 다시 소리가 났다. 벌떡 일어나 밖을 확인했지만 문밖에는 아무도 없었다.

"고양이일 거예요. 요새 테라스 영업 쉬었더니 밤중에 고양이들이 모이더라고요."

담배를 꺼내 물던 소미가 무심하게 말했다. 자리로 돌아온 나는 스마트폰을 확인했다. 새롭게 온 메시지는 없었고 오후 아홉시가 지났단 사실을 깨달았다. 이제 이 자리에 인원이 한 사람이라도 늘어나면 안 되는 시간이었다. 될 대로 되라는 심정으로 냉장고에서 소주와 사케를 꺼내왔다.

"엔~드레스 레인, 폴 온 마이 하트, 고코로노 키즈니."

맥주 몇잔을 연달아 마신 동우가 갑자기 천장 구석에 숨겨둔 미러볼을 꺼냈다. 그리고 블루투스 마이크와 스피커로 노래방 반주를 틀기 시작했다. 동우가 시대착오적인 록발라드를 몇곡 부르자 손님이 마이크를 뺏었다. 그리고는 이별 노래를 부르며 눈물을 펑펑 쏟았다.

"아프진 않니, 많이 걱정돼, 행복하겠지만 너를 위해 기도할게."

나는 조금이라도 인기척이 들리면 밖을 확인했다. 혹시 누군가 찾아올지도 몰랐으니까. 노래를 부르는 목소리가 시끄러워서 찾아온 사람이든 손님의 전 연인이든 사장님이든. 그러나 거세진 비바람이 몇번이나 가게 문을 두드렸을 뿐이었다. 내가 기다리던 사람도 뜻밖의 누군가도 나타날 기미는 없었다. 그래서 그때부터는 어떤 소리가 들리든 신경 쓰지 않기로 했다. 우리는 더 많은 술을 마시고 담배를 피우고 볼륨을 높였다.

노래를 부르다 지친 우리는 음악 감상으로 흐름을 틀었다. 돌아가며 무지개와 관련된 노래를 선곡했다. 소미는 아이돌 그룹 레인보우의 'A'를, 나는 영국의 올드 록밴드 레인보우의 '레인보우 아이스'를 신청했다. 그리고 동우가 오래된 영화 오즈의 마법사의 OST로 유명한 '오버 더 레인보우'를 재생했다. '섬웨어 오버 더 레인보우, 웨이 업 하이.' 내색하지 않았지만 나는 속으로 동우를 저주했다. 미친 놈. 하필이면 오즈의 마법사라니. 하필이면, 천재지변이라니… 그즈음부터 나는 본격적으로 취기가 올랐다.

"처음에는 한일관계 경색 때문이었어요. 일본 불매 운동 말이에요."

손님을 붙들고 레인보우야가 폐업하게 된 자세한 사정을 구구절절 늘어놓았다. 그가 궁금해하거나 묻지도 않은 사연이었다. 손님은 당황한 기색이 역력했지만 다정하게 받아줬다.

"맞아, 그랬죠. 까맣게 잊고 있었네요. 팬데믹이 워낙 충격적이어서."

"그래도 그때는 이 악물고 버텨볼 만했는데요, 바이러스는 어쩔 수 없더라구요. 이 골목 상권 전부 다 박살났어요."

상권의 몰락과 경영 악화. 멀쩡히 영업을 해오던 수많은 식당이 폐업을 결심한 까닭이었다. 동네에서 오랜 세월 자리를 지키던 가게들이 모조리 간판을 내렸다. 그나마 레인보우야는 마지막까지 버틴 축에 속했다. 물론 위기를 기회로 만든 업체도 없진 않았다. 재빠르게 배달 전문점으로 전향한다거나 하는 식으로 말이다. 그러나 그게 되는 가게가 있고 안 되는 가게도 있는 법이었다. 운이 좋은 사람이 있고 그렇지 않은 사람이 있듯이. 레인보우야는 후자에 속했을 뿐이라고, 대처할 수 없는 재난이었다고 나와 사장님은 서로를 독려했다. 아마 큰 위로는 안 됐겠지만.

손님은 우리에게 앞으로 어떻게 지낼 계획이냐고 물었다. 입대할 날짜를 받았다는 동우의 말에 소미가 기쁨의 손뼉을 쳤다. 한편 소미는 이미 취업이 내정된 터였다. 레인보우야의 폐업과는 별개로 일을 그만두기로 한 상황이었던 것이다. 나는 어쩐지 동우와 소미에게 서운한 마음이 들었다. 이들은 아직 젊었고 미래가 있었다. 이곳에서 있었던 일은 한 시절의 추억일 뿐. 레인보우야에 생계를 모조리 내맡긴 나와 사장님과는 입장이 다를 수밖에 없었다.

"매니저 형은 작가한다고 했잖아요. 드라마인지 영화인지."

"원래는 희곡 작가 지망생이었다만."

"희곡이요? 형 별로 재밌는 사람도 아니잖아요. 그냥 깔끔하게 포기하시죠."

"그건 희극. 가까이에서 보면 비극인 거."

동우와 대화를 나누면서 우울함이 극심해졌다. 여차하면 고향으로 돌아갈 생각이었다. 그곳에서 무얼 할지는 그때부터 생각할 문제였다. 어쩌면 이제 모든 걸 내려놓아야 할 때인지도 몰랐다.

'나는 초밥을 썰 테니 너는 글을 쓰거라.'

일을 시작하던 시기, 내 꿈과 사정을 들은 사장님이 건넨 말이었다. 홀 서빙은 처음이라 뜨거운 국물에 손가락을 담가 화상을 입거나 그릇을 깨는 것은 물론 메뉴 체크를 누락하는 일이 비일비재했다. 사장님께 혼나지 않는 날이 없자 일을 그만둘까 하는 마음도 자주 먹었다. 그가 나를 싫어할 것이라 믿었다. 그러나 사장님은 너무 바빴던 날이나 반대로 너무 한적했던 날이면 영업 종료 후 빈 홀에 음식과 술을 내왔다. 그리고 따뜻한 음성으로 위로의 말을 전하고 이야기를 들어줬다. 그는 가족과 친구들조차 지지하지 않았던 내 삶을 응원한 유일한 사람이었으며 내가 믿는 유일한 어른이었다. 내가 칼과 불을 다루지 못하는 것은 순전히 사장님의 애정 덕분이었다.

'우리 일은 꼭 연극을 만드는 것 같아요.'

술에 취할 때면 종종 이렇게 말하곤 했다. 사장님과 나, 그리고 동우와 소미는 하나의 극단이었다. 식재료를 준비하고 음식을 만드는 일은 각본가이자 연출가의 몫이었고 홀 세팅을 맡으며 웃는 얼굴로 서비스를 제공하는 것은 스태프와 배우의 역할이었다. 그리고 손님은 관객이었다. 우리가 준비한 것을 기꺼이 봐주러 오는, 나를 살게 하는 사람들. 마치 무대를 대하듯 서빙에 임했다. 말하자면 나는 이 일을 사랑한다고 말하고 싶었다. 하지만 한번도 이런 속내를 털어놓지 못했던 것은, 내게 재능이 없었기 때문이다.

좋아하는 일과 잘해낼 수 있는 일은 다른 영역이어서 나는 관객도 손님도 만족시킬 수 없었다. 실력 없는 사랑은 스토킹에 지나지 않다. 레인보우야가 폐업을 하는 것은 내 탓이 클지도 모른다. 이제까지 저질렀던 모든 실수와 미숙함으로 인한 불친절이 설산을 구른 눈덩이처럼 불어 사람들을 떠나보낸 것이다. 술기운이 오를수록 근거 없는 자책만 떠올랐다. 부정적인 생각의 연쇄를 끊어낼 방법을 몰라 술만 들이켰다.

레인보우야의 마지막 술자리는 자정을 훌쩍 넘겼다. 새벽 세시쯤 되자 나는 반쯤 눈을 감은 채 자리를 지켰다. 술과 잠기운에 취해 드문드문 기억이 흐렸는데, 동우가 손님에게 '손님 진짜 동성애자예요?'라고 묻자 소미가 '야 이 개새끼야!'라고 고함을 지르며 숟가락 끄트머리로 동우의 머리를 후려갈긴 장면만큼은 선명했다. 그 광경을 보고 손님이 '정말 이 가게는 다양한 사람이 모이는 장소네요'라고 답했던가. 그리고 어느 순간인가 손님과 소미는 자리를 떴고 동우만 앞에 남아 있었다. 동우는 소미에게 얻어맞은 데가 아팠는지 손으로 자기 머리를 자꾸 쓰다듬었다.

"형. 전부터 묻고 싶었던 게 있어요."

"뭔데?"

"저 왜 안 잘렸어요?"

동우는 눈치도 없고 산만했다. 1번 테이블에 달아야 할 주문을 3번에 체크하고 소주가 나가고도 포스에 누락하는 일이 다반사였다. 그렇다고 설거지를 빠르고 깔끔하게 잘하는 것도 아니었다. 사장님이 건네는 충고나 당부도 도통 알아듣질 못해서 답답해진 내가 멍이 들 때까지 팔뚝을 꼬집기도 했다. 그래도 시무룩해지지 않고 손님들 앞에서 밝게 웃는 것만은 좋았다. 사장님과 나는 동우의 그런 점을 높이 평가했다. 딱 그 점까지만.

"타이밍을 놓쳤어."

내 말을 농담으로 받아들인 동우가 낄낄 웃었다. 우리는 술잔을 부딪치고 술을 입 안에 털어 넣었다. 그리고 나는 그대로 테이블에 엎어져 잠들었다. 다시 눈을 떴을 때,

동우는 보이지 않았고 테이블 위로 시큼한 냄새를 풍기는 토사물이 그득 쏟아져 있었다. 그게 소매에 묻어 색과 냄새가 배었다. 스피커에서는 노래가 흘러나오지 않았고 미러볼만이 실내를 화려하게 비췄다.

"깼니."

혼자 남은 줄 알았는데 아니었다. 부엌에서 걸어 나온 사장님이 미러볼을 끄고 커튼을 걷었다. 어느새 비는 그친 모양이었고 날이 밝고 있었다. 무슨 일 있으셨던 건 아닌지, 사장님이 오길 기다리다 잠들었다는 말을 꺼내며 자리에서 급하게 일어났다. 그러다 중심을 잃는 바람에 크게 휘청이며 바닥에 넘어지고 말았다. 나를 부축하는 사장님께 매달려 주정을 부렸다.

"왜 이렇게 늦으셨어요. 왜 이렇게…"

가까이서 살핀 사장님의 얼굴은 붉었고 내 것이 아닌 술 냄새가 풍겼다. 사장님은 가게는 혼자 정리할 테니 들어가서 쉬라는 말만 되풀이했다. 나는 끝까지 함께 있겠다고 고집을 피웠다. 짧은 실랑이가 이어진 끝에 사장님이 담배를 꺼내 물었다.

"내가 어떻게 낄 수 있었겠니."

"예?"

"몇번이고 들어오려 했는데, 안 되겠더라고."

처음엔 그 말을 이해하지 못했다. 담배를 피우며 난장판이 된 주변을 둘러보는 그의 눈빛을 보다가 뒤늦게 깨달았다. 사장님은 몇번이고 레인보우야에 들어오려고 했다. 그러나 닫힌 문 안에서 노랫소리가 들려왔고 커튼이 미처 가리지 못한 창문 틈으로 네 사람이 신나게 떠들고 술을 마시는 광경을 발견했을 것이다. 인원 제한은 4인까지였으니까 그곳에 사장님이 낄 자리는 없었다. 술기운이 확 가셨다. 우리는 뭐 좋은 날이라고 흥에 겨워 노래까지 불렀을까. 사장님은 빗속을 몇시간이나 헤매고 어디에서 혼자 술을 마시고 온 걸까.

사장님은 혼자 있고 싶으니까 먼저 가달라고 부탁했다. 나는 마치 내 잘못으로 관계를 망친 오랜 연인에게 사정하듯 사장님을 붙들었다. 죄송합니다, 뭐라 드릴 말씀이 없습니다, 끝까지 곁을 지키겠습니다, 제발…

"어떻게 마지막까지 눈치가 없냐. 가라고, 그냥!"

결국 사장님이 분노를 터트렸다. 그가 큰소리를 내는 것은 처음이었다. 횟감을 썰던 도중 내가 뒤에서 건드리는 바람에 사장님의 손가락이 깊숙이 베인 적이 있었다. 그렇게 응급실에 가서 열바늘을 꿰매도 화가 난 기색을 보이지 않던 사람이었다. 울음이 터질 것 같은 사장님의 얼굴을 보다가 고개를 깊숙이 숙였다.

어떻게 걸었는지 기억도 나지 않는데 정신을 차리니 버스 정류장 앞이었다. 정류장에서 아침 버스를 기다리는 사람들이 불쾌하다는 듯한 눈초리로 쳐다봤다. 술 취한 내 행색을 보고 그러지 않기도 어려운 법이었지만 통상적인 반응은 아니었다. 문득 얼굴에 마스크를 쓰지 않았단 사실을 깨달았다. 호주머니를 뒤졌지만 손에 잡히는 게 없었다. 레인보우야에 두고 온 것이었다. 나는 토사물이 묻은 소매로 입을 가린 채 골목으로 몸을 숨겼다.

마스크가 없는 상태에서 마스크를 사러 편의점에 가도 좋을지 판단이 서질 않았다. 나는 익숙한 길목으로 버릇처럼 걸음을 옮긴 끝에 레인보우야에 돌아왔다. 주방 앞 창가에서 가게 안을 들여다보자 테이블을 깨끗이 치우고 주방을 정리하는 사장님이 보였다. 그는 식재료를 담아둔 냉장고를 열었다가 닫고 도마와 칼을 깨끗이 닦고 있었다. 마치 오전 영업을 준비하는 듯 익숙하고 자연스러운 모습이었다. 어제까지만 해도 내가 속해 있던 풍경이었다. 이 순간을 기점으로 나의 일상과 사장님의 일상이 완전히 분리된다. 단 하루 만에 그와 나는 서로에게 철저한 외부인이 되고 말았다.

태풍을 만난 선원처럼 비틀거리며 목제 테라스 맞은편을 향해 나아갔다. 사람이 살지 않아 쇠사슬이 걸린 신축 오피스텔 앞에 엉덩이를 붙이고 주저앉았다. 골목에는 인기척은 물론 새소리조차 들리지 않았다. 욕지기와 함께 구역질이 치밀었으나 토는 나오지 않았다. 속이 텅 빈 느낌인 것이 아무래도 더이상 게워낼 게 없는 모양이었다. 자리를 털고 일어나 골목 안쪽으로 최대한 똑바로 걸었다. 엉엉 우는 입을 소매로 틀어막은 채 그 누구도 마주치지 않을 길을 찾아 움직였다. 아무것도 옮거나 옮기지 않도록.

제 소설을,
소설 같은 걸 누가 보겠습니까

최가은

1. 무대

무대는 '사건'의 공간화다. 우리는 전설이 된 무대를 언제든 쉽게 떠올릴 수 있고, 원한다면 클릭 몇번으로 그중 하나를 시청할 수도 있다. 연출된 움직임 위로 섬세하게 내리꽂는 조명, 합의된 플레이리스트와 예정된 클라이맥스, 진지하게 들끓는 광기와 함성…… 무대를 지배하는 동일한 신화 아래, 영상 속 그들은 하나로 결합된다.

신화는 폭거다.(90면)

그러나 알다시피 모든 이에게 사건이 허락되는 것은

아니다. 사건은 좀처럼 우리의 삶과 나란히 놓이는 법이 없다. 소설 속 한 인물의 말마따나 신화가 될 사건은 "폭거"인 데다, 그것도 "신 내지는 반(半)신, 영웅이 일으켰거나 혹은 그에게 일어나는 폭거일 때야만 비로소"(117면) 탄생하기 때문이다. '역사의 종언의 종언'을 경험하고 있는 지금의 우리에게 그렇게 도래한 '반신'은 이미 죽었거나, 늙고 지쳐 해체된 지 오래다. 그러니 온갖 종류의 완결된 신화를 제 입맛대로 복고하기 좋은 오늘날, 비디오에서 아카이브로, 유튜브로 건너온 무대, 즉 "이미 지난 시대의 이야기"(127면)는 '사건'으로서의 삶이 펼쳐졌던 특별한 순간이 아니라 삶의 완벽한 반대 면에 가깝다.

이 비(非)-삶의 공간은 실로 신화의 잠재성을 내재한다. 정말이지 아무 일도 일어나지 않는 우리네 삶과는 달리, 무대의 합의된 각본에는 언제고 그것을 이탈할 우연한 순간이 도사리고 있다고 믿어지기 때문이다. 신화를 향한 이 회수되지 못한 믿음은 낡은 무대의 주변을 끝없이 맴도는 불안한 이들을 만들어낸다. 폭거의 도래 가능성을 지닌 무대의 부스러기를 주워 먹으며 비루한 생이자 정지된 시간인 각자의 '삶'을 벗어나는 일에 사활을 거는 부류, 말하자면 『헤드라이너』 속 인물들을 말이다.

2. 신화의 간극

임국영의 두번째 소설집 『헤드라이너』는 수많은 레퍼런스와 다채로운 이야기로 구성되었음에도 수록작 전반은 물론, 전작인 『어크로스 더 투니버스』(자음과모음 2021, 이하 『어크로스』)와도 연속적인 구조를 지니는 것처럼 보인다. 인물들의 현재와 미래가 모두 과거에 저당 잡혀 있는 두 소설집은, 정작 그 과거 역시 내 것이 아닌 것들로 채워져 있다는 서글프지만 중요한 진실을 전달한다. 기억하려 해도 온전히 기억되지 않고 되찾으려 해도 되찾을 수 없는 과거 때문에 이들에게는 현재 또한 한없이 유보된다. 『어크로스』의 인물들이 과거의 레퍼런스를 향한 투사와 그 실패로서 현재를 지탱하는 모습을 보여주었다면, 『헤드라이너』의 인물들은 당장 이곳에서, 조금 다른 것을 시도한다.

그들은 조문을 왔다기보다는 무대를 찾아온 듯했다. 기어코 그들은 신발을 벗었다.(9면)

「볼셰비키가 왔다」 속 그들은 여기서, 오늘의 무대를 찾는다. 무대가 될 만한 곳, 삶이 아닌 곳, 따라서 무언가

250

일이 벌어질 수도 있는 그런 무대를 말이다. 멤버의 장례식장에 연주를 하러 들이닥친 '볼셰비키'는 "동두천 스타일"인지 "누메탈"인지 "하드코어"인지 스타일 정의가 어렵고, 이들의 리스너 역시 단순 "올드"한 취향인지 아니면 "매니악"한 취향인지 가늠이 안 되는 정체불명의 밴드다.(15면) '볼셰비키'의 주 무기인 '그로울링' 기법은 밴드의 명예를 드높일 전설의 테크닉이 되어주기는커녕 당장 질식사로 죽어가는 '혁태'를 살려내지도 못한다.

'볼셰비키'의 이 '내용 없음'은 그들의 앞날이 대개의 아버지-신화를 부정하거나 모방하면서 결국 제 나름의 신화를 써내는 데 성공하는 숱한 오이디푸스식 소년만화와 계속해서 어긋나는 주된 이유이다. 이들에겐 밴드의 내용을 음악적으로, 하다못해 서사적으로 채우려는 욕망 따위 없으며, 앞선 신화를 살해하고자 애쓰는 마음도 없다. 이들이 몰두하는 일이란 화석이 된 신화의 주변을 맴도는 것, 이미 완결된 신화의 껍데기를 그저 되풀이하는 것이다.

그런데 문제는 '볼셰비키'의 내용 없는 이름이 단지 저들의 우스꽝스러움을 묘사하기 위해 마련된 장치는 아니라는 사실이다. '내용 없음'은 『헤드라이너』 전체를 구성하는 중요한 조건이다. 소설 속 인물들이 전개하는 서

사는 그들만의 새로운 서사가 아니라, 특정한 관계의 표상을 있는 그대로 재현해내는 일종의 역할놀이다. 신화의 기표 그 자체를 과잉 수행하는 이들에는 모든 대사와 행동, 몸짓 하나까지도 밴드 내 맡겨진 임무로서의 '롤'(role)을 재현하는 '볼셰비키'는 물론, 이름 자체가 신화인 「헤드라이너」의 밴드 '우드스톡' 역시 포함된다. 쾌남인 프런트맨 '로니', 수려한 외모의 베이시스트 '빌리', 베일에 싸인 쿨 가이, 혹은 이모(emo) 감성에 찌든 "찐따"(94면)로서 (당연히) 연주를 더럽게 못할 수밖에 없을 '시드', 마지막으로 스타로서는 미달한 미모이지만 그 덕에 밴드의 해결사로 활약하고 있는 '존'까지…… 이들은 "애석하게도"(같은 면) 모두 한국인으로서, 완벽히 안배된 신화의 스테레오타입을 구현하는 기성품들이다.

처음엔 파리 코뮌이었다고 들었습니다 형님. 무슨 뜻인데요? 저도 잘 모르겠는데 아마 혁태도 뭔지는 몰랐을 거예요. 무슨 저항이라는 단어만 붙으면 사족을 못 쓰던 놈이라서. 같이 음악 한 게 4년인데 밴드 이름은 걔가 다 지었어요. 그다음에 우리가 만든 그룹이, 어디 보자, 파르티잔이었나 사보타주였나. 개인적으로는 마오 쩌둥 때가 최고였습니다. 그때 저

혁태 형 완전 팬이었습니다. 연주는 더럽게 못했어도.(26면)

　무슨 '저항'이라는 단어만 붙으면 사족을 못 쓰는 것처럼 보이는 임국영 소설의 신화적 모델은 주로 육칠십년대 영미 록밴드 서사에 있다. 소설 속으로 재차 소환되는 이 '기원'에는 크게 두가지 함의가 있는 것처럼 보인다.

　먼저, 반(反)문화와 민권운동의 시공간이던 육칠십년대 서구는 만인에게 끝없는 노스탤지어 재탕이 허락된 거의 유일한 시기이다. '그때-그곳'은 떠나간 과거나 다가올 미래가 아닌 온전히 현재에 몰입할 수 있었던 시대, 다름 아닌 '지금-여기'라는 구호를 창안해낸 마지막 시대이자 장소이기 때문이다.*

　그런데 문제의 그 '지금-여기'는 정치적이기보다는 감성적인, 이데올로기적이기보다는 극도로 개인주의적인 수용의 '현재'이기도 하다. 이들 신화의 '폭거'는 '주변인'이라는 자기인식과 '부당한 현재'라는 막다른 골목 사이에서 어정거리던 당대의 젊은이들에게 계급과 젠더, 인종 적대와 같은 사회적 모순에 관한 머리 아픈 고민을 삭

---

* 사이먼 레이놀즈 『레트로 마니아』, 최성민 외 옮김, 작업실유령 2014, 29면.

제하고, 마약과 멜로디 속 아름답게 부유하는 현재만을 포착하라는, 나아가 그것을 과잉보호하라는 명령으로 변질된 바 있다. 한때의 신화였던 '오'와 '비'의 화합이 세계의 변화로부터 외면당한 저들만의 '자유'와 '혐오'로 존속되는 것에서, 아울러 노벨문학상의 권위가 된 밥 딜런의 '저항 음악' 소식에 그마저 묻히는 모습에서, 우리는 혁명의 상상력이 삭제된 이 개인주의적 신화의 착실한 계보를 확인할 수 있다.

그런데 이 소설집에서 더욱 주목하고 싶은 것은 바로 '기원'의 두번째 맥락이다. 비판과 저항의 특정한 대상도 없이, 사회질서에 대한 뚜렷한 거부도 없이, 말하자면 철저히 탈정치화된 이 포스트모던 시대의 록밴드 신화가 "변방의 소국, 그곳에서도 수도로부터 차로 반나절을 달려야 닿을 수 있는 낙후된 도시의 어느 지층 바"(「바크」 127면)로 옮겨온 것이 바로 『헤드라이너』의 배경이라는 사실 말이다. 임국영이 모방하는 '신화'는 이 변방의 소국, "오브 코스 사우스 코리아"(94면)에서, 적어도 한 세대는 걸쳐 굴절된 대물림을 통한 것으로서, 물리적인 기원을 이곳과 그곳 사이의 간극에 둔다.

기원의 동시적 간극은 신화의 수용에 특별한 모순을 발생시키기도 한다. 『헤드라이너』가 '프리 버드'의 배치

방식을 통해 우리에게 상기하는 것이 바로 그 모순이다. 이 노래는 『어크로스』의 유년을 별처럼 수놓았던 아름다운 레퍼런스 너머로 「태의 열매」의 아이가 직접 살아내야 했던 현실을 펼쳐놓는다. '프리 버드'는 광폭한 아버지가 스스로의 젊고 자유로웠던 시절을 떠올릴 수 있게 하는 '좋은' 음악이면서, 그의 만취와 폭주로 인해 늘상 사지로 내몰렸던 한 아이의 내면을 "끝내주게 화려한"(43면) 일렉트릭 기타 연주의 폭발로 구성했던 음악이기도 하다.

'프리 버드'는 다른 많은 오래된 록음악처럼, 아버지가 청취하던 AFKN 채널에서, 아버지가 저질렀던 광란의 질주를 통해 '나'의 귀로 상속된다. 이때 음악에 잠재한 신화의 가능성은 양가적이다. 잠재된 저항과 해방의 가능성을 삭제하며 '자유'를 탈취한 그런 아버지들로부터 승계된 이 신화는 폭력의 다른 이름인 동시에 도무지 삶이라 할 수 없는 아이의 삶을 '폭거', 즉 비(非)-삶에 대한 열망으로 지탱해준 생존수단이다. '프리 버드'의 이중성은 아이에게 억압과 해방의 동시적 공간을 마련한다.

그러므로 '파리 코뮌'에서 '파르티잔', '사보타주', '마오 쩌둥'을 거쳐 도달한 '볼셰비키'와 '우드스톡', 나아가 형형색색의 "다양한 사람들이 모이는 공간"(「굿바이 레인보우」235면)인 '레인보우야'가 노리는 **문화적 반란**은 바로 그

황당한 '내용 없음'으로 인해, 우리에게 『헤드라이너』 전체를 위와 같은 동시적 공간으로 상상하게 한다. 이것이 『헤드라이너』의 서술자와 우리가 낡은 신화와 그런 신화를 모방하는 이들로부터 철저히 거리를 두면서도, 한편으론 그것에 모른 척 붙들려 있는 이유이다. 이들 '이름'은 "아버지의 전철을 그대로 밟는 듯한" "뻔한 서사"(「악당에 관하여」 75면)에 머무를 가능성과, 희박하지만 전혀 다른 이야기가 될 가능성을 언제나 함께 제시하기 때문이다.

이 같은 세계 제시를 통해, 임국영의 소설은 이른바 '자본주의 리얼리즘'이라는 구조적 조건 속에서 우리 모두의 질문이 된 바를 상기한다. 우리는 분명 대안 없는 미래와 폭거 없는 신화의 좀비 같은 몰골이 동시적으로 부유하는 세계에 있다. 그럼에도 우리가 바로 이곳에서, 변질된 채로 우리 손에 남겨진 저 오래된 이름과 문화적 유산을 통해, 이미 없는 것이 폭로된 우리의 낡은 미래를 탈환할 방법이 남아 있지 않을까.

3. 실패하는 미래

말하자면 지미의 신화는 비로소 완성됐다. 나로서는 어떤

식으로든 개입할 여지가 없는 그 자체로 완전한 원본이다. 내
겐 새로운 신화가 필요했다. 나와 동시대에 일어난 생생한 신
화가. 거대한 빛무리를 이루는 단 하나의 입자일지라도 같은
프레임에 포착되고 싶은, 지미와 한 하늘 아래 생동했던 삼
십만명 중 한 사람이라도 되고픈 비루한 미망인지도 몰랐다.
(…) 물론 모든 사람이 그런 경험을 하기는 힘들지도 모른다.
그런 점에서 나는 운이 좋은 편이었다. 신의 폭거를 목격하는
데 성공했으니까. 이제부터 하려는 이야기는 한편의 지극히
개인적인 신화이며 과거와 현재 그리고 미래까지 통틀어 내
삶이 가장 밝게 빛난 찰나를 포착한 스냅숏이다.(92면)

무엇인가 시작될 참이었다.(97면)

"대형 브랜드의 소굴이 된 성전"(96면) 즉 록 페스티벌
을 '정화'하고 '탈환'하기 위해 헤드라이너의 무대를 직
접 찾아온 '우드스톡'이 "거대한 빛무리를 이루는 단 하
나의 입자일지라도 같은 프레임에 포착되고 싶은", 저 지
나치게 비루한 미망마저도 제대로 성취하지 못할 것은 정
해진 수순이다. 그러니 진짜 문제는 이제 우리가 '어글리
코리안'의 이처럼 과장된 실패를 향해 그 어떤 동요도 보
이지 않는다는 사실에 있다.

마크 피셔는 프레드릭 제임슨이 진단한 동시대적 교착 상태가 가장 잘 형상화된 사례로 커트 코베인이 앓았던 '우울'을 말한다. 그의 우울은 "스타일의 혁신이 더 이상 가능하지 않으며, 죽은 스타일들을 모방하고 가면을 쓴 채 상상의 박물관에나 있을 스타일의 목소리로 말하는 것만이 남은 세계"*에 자신이 속해 있음을 예민하게 깨달은 자의 몫이다. 하지만 『헤드라이너』의 역할놀이는 "너바나와 코베인의 고도로 실존적인 고뇌"가 이미 "옛 국면에 속한다"**는 사실만을 분명히 전달한다. 단절할 과거도, 기대할 미래도 없는 이 무시간적 공간에서 더이상 반(反)신화적 신화를 도모할 수도, 실존적 우울을 앓을 수도 없는 임국영의 소설은 세계를 바로 이런 식으로 주조하는 현실의 원리, 오직 그 원리 자체를 반복적으로 묘사하려 한다.

선생님,

살려주십시오.(72면)

---

* Fredric Jameson, "Postmodernism and Consumer Society," *The Cultural Turn: Selected Writings on the Postmodern, 1983-1998*, Verso 1998, 7면; 마크 피셔 『자본주의 리얼리즘』, 박진철 옮김, 리시올 2018, 24면에서 재인용.
** 마크 피셔, 같은 책 25면.

마치 자신의 소설을 메타적으로 거론하고 있는 것처럼 보이는 「악당에 관하여」의 작가는 다른 많은 작가들이 그랬던 것처럼 "신작을 써내지 못하는 이유"이자 "창작적 정체의 근원",(76면) 즉 '새로운' 내용 없이 반복되는 신화의 현실적 근원을 찾아 나선다. 그렇게 도달한 곳은 역시나, "피하고 피하다 끝끝내 언급하지 않을 수 없는 진짜 악당", 즉 "자신의 아버지"에 대한 이야기이다.(75면) 세계의 병리적 현상을 '정치적 무의식'으로 해석하기 위해 우리는 또다시 부친 살해라는 뻔한 내러티브를 통과해야만 하는 걸까. '부친'과 '살해'가 인류사에 누적해온 피로감으로 망연해 있는 독자에게, 임국영의 소설은 뜻밖의 고민을 토로한다. '나'에겐 아버지를 살해하는 것이 상상 속에서도 가능하지 않다는 것. 이유는 단순하다. 이미지가 성립되지 않기 때문이다.

　　"이럴 줄 알았지. 그거 알아요? 한번도 아버지를 죽이는 데 성공한 적이 없어요. 이미지가 성립되질 않거든요. 아버지는 왜 안 죽죠. 어떻게 해야 합니까."
　　운전자는 자신의 머리에 총구를 댄다. 찰칵, 탕. 격발된 탄환이 머리를 꿰뚫고 아들이 쓰러진다.
　　"이런 건 쉬운데 말이지."(67면)

이는 아버지가 "생존과 귀가에 한해선 천부적인 사람"(『태의 열매』 43면)이기 때문에, 혹은 "전직 야구선수였고 제물포에서 적수가 없는 싸움꾼이었으며 고급 세단과 중장비와 대자연과 맞선 사람"(41면)이라는 그를 둘러싼 신화적 요소 때문에 불가능한 일인 것처럼 보이기도 한다. 정말 그러하다면 편집자 A의 말처럼, 이는 아버지를 신으로 만들려는 또 하나의 남성적 각본에 불과할 것이다.(『악당에 관하여』 76면) 그러나 임국영의 인물들은 연유를 짐작할 수 없는 부친의 폭력과 광증이 "자연재해나 신이 내린 재앙처럼"(42면) 여겨지는 심오한 이유를 "미친 사람이 달리 미친 사람이겠냐며 어깨를 으쓱"(같은 면)하는 깔끔한 결론으로 대체한다.

『헤드라이너』 속 '나'는 불가능한 아버지 살해나, 그것과 동전의 양면 격인 아버지 동일시에 매달리며 '아들'로서의 의무를 수행하지 않는다. 그 대신에 '나'는 '자연재해'나 '재앙' 같은 '미친 사람'의 손과 귀와 사물을 통해 잠입하는 온갖 문화적 레퍼런스와 신화의 부스러기들을 걸신들린 듯 수집하고, 이를 제 것으로 만드는 일에 열중한다. 합법과 불법의 경계를 넘나드는 루트를 통해 접근 가능한 모든 비/문화적 양식을 게걸스럽게 흡수하는 임국영의 '나'는 한국의 지정학적 위치에서 비롯된 문화적 '남성성' 구성의 익숙한 측면과 특수한 국면을 동시에 보여준다.

'나'의 태도는 서구로부터 유통된 한국적 하위문화의 특성이 기본적으로 한국 소년들의 정체성을 "모방자"로 위치시킨다는 주장, 나아가 문화적 유산에 수반되는 남성성이 승계되거나 부정되는 내면화 과정에서 이와 같은 "심리적 고아의식"이 특이한 방식으로 개입한다는 '한국적 남성성'에 관한 표준적 분석을 먼저 상기한다.*

여기서 흥미로운 점은, 편집자 A가 소설의 패착 원인으로 지목한 '성장 없는 성장' 플롯을 『헤드라이너』가 매우 꿋꿋이 따름으로써, "모방자"와 "심리적 고아의식"을 '아버지'에 대한(against) '비타협적인 것으로서의 진정성'으로 끝내 전환하지 않는다는 사실에 있다. 그는 분명 '아버지'로부터 비롯되었으나, 이제는 정말이지 '아버지'와는 무관한 제 자신의 "모방자"로서의 역할과 "심리적 고아의식"을 그저 끝까지 밀고 나갈 뿐인 것이다.

"소설일 뿐입니다. 사람들은 그것을 믿지 않습니다. 허구

---

* 강덕구 『밀레니얼의 마음』, 민음사 2022, 222면.

는 현실에 별다른 영향을 끼칠 수 없습니다."(180면)

'성장과 무관한 성장소설'이라는 이 '패착'의 형식은 임국영 소설의 주제이자 조건이며, 곧 그의 소설적 방법론이 된다. 현실도, 소설도 더이상 '신뢰할 만한 허구'가 되어주지 못하는 세계에서, 임국영은 바로 그 '신뢰 없음'과 '영향력 없음'이라는 망한 소설의 구조를 통해 이상한 반란을 꾀한다.

4. 공원의 비밀

이 공원의 산책로에서는 돈이 저절로 솟는다.(162면)

「비둘기, 공원의 비둘기」는 현실을 지배하는 원리가 소설에서 재현되는 것을 넘어 소설 창작의 즉각적인 방법론이 되는 과정을 보여준다. 소설은 작가인 '서'의 이야기와 그가 구상하는 또 하나의 이야기를 액자식으로 구성하는데, 액자 사이의 경계는 흐릿하다. '서'의 소설 소재이자 그 소설의 주인공인 '나'의 이야기가 생성되는 공간이 모두 '공원'으로 한정되기 때문이다.

무작위로 선택된 이들에 한하여 돈이 저절로 솟는다는 '공원'의 환상적인 법칙은 표면적으로 공정한 수입 분배를 통해 참여자들의 경제적 안정을 조성한다. 그러나 우리가 잘 알고 있다시피, 자본의 논리는 노동자들의 '일상'과 '분수'를 유지하게 하는 그 표면적인 안정감을 통해 저 자신의 착취적 구조를 강화할 뿐만 아니라, 그들을 이 착취의 순환에 의존하고 공모하게 한다. 공원은 이 간악한 자본의 논리에 따라 체제에 순응하는 40인의 '비둘기'와 그들 몫의 노동을 안정적으로 재생산한다.

우연히 이곳의 비밀을 알아버린 '나' 역시 그들처럼 그저 주어진 몫에 만족하며 영원히 공원 내부를 배회해야만 했을 것이다. 그러나 작가 지망생이었던 우리의 주인공은 보란 듯이 공원의 금기를 깨고, 그로 인해 '리얼'했던 공원의 현실에 비상이 걸린다. 그 어떤 낯선 새로움도 생산되어서는 안 되는 이 공원이 '나'에게 이야기를 생산하게 한 것이다. 그와 같은 일탈은 주인공이 다른 비둘기들보다 탁월한 자라서가 아니라, "문화적 소비 없이는 불가능"(같은 면)한, "익숙한 소재가 아니면 손이 가질 않는"(174면), 글쓰기 자체가 지닌 이 이상한 특징과 조건에서 비롯된다. 글쓰기란 삼라만상을 '문화'로서 소비하고, 소비한 것을 '모이 쪼기'가 아닌 다른 생산의 원재료로도 삼을 수 있는 영역으로, 주어진 제 분수를 이탈할 수 있는 가능성이 잠재하는 장르인 것이다.

그렇게, '나'는 공원에 관한 '비밀'을 누설했다는 이유로 고발당한다. 공원의 비밀은 단지 이곳이 "부당하고 터무니없는 룰"(188면)에 의해 작동된다는 사실만은 아니다. 흥미롭게도 공원이 지닌 진정한 비밀의 정체는 그것을 누설한 대가로 '나'에게 가해진 징벌의 유형에 의해 사후적으로 누출된다. '날개'는 죄를 범한 '나'를 공원의 바깥이나 현실로 강등하지 않고 이야기 '속'에 유폐하는데, 그것은 "나의 거주지가 공원에서 멀어지면 내 몫의 돈이 공원에서 생성되지 않는다는 사실"(182면) 때문이다. 말하자면, '공원'은 체제의 발안자인 '날개'의 이윤에 이바지하도록 운용되는 특권적 체제이면서, 10인의 '부리'와 30인의 '발톱'이 '날개'와 함께 작동시키는 상호 협력적인 체제인 것이다. 바꾸어 말하면 공원의 이 환상적인 체제는 공원 밖 '대안이 없는' 세계의 원칙으로서 우리를 끝없는 '반성적 무기력'과 체념 속으로 밀어 넣는 주범이지만, 그와 동시에 우리의 협조 없이는 아무것도 아닌, 그저 가능한 여러 현실 중 하나인 것이다.

그걸 소설이라고 할 수 있나? 있는 그대로를 썼을 뿐이잖

아. 그런데 허구라니.(191면)

'나'의 죄가 더욱 괘씸한 이유는, 단지 공원이 아무것도 아닐 수 있다는 사실을 단지 누설했다는 데 있는 것이 아니라 그것을 감히 소설 창작의 방법론으로서, 이를테면 '상상력'으로 전환했다는 데 있다. 마크 피셔는 '자본주의 리얼리즘'이 우리로 하여금 자본주의를 가능한 유일한 세계로 상상하게 하면서, 그렇게 구조화된 우리의 문화적 상상력 역시 동질화하는 현상에 깊은 우려를 표한다. 그러나 그는 "어떤 식으로든 자본주의 리얼리즘이 비일관적이고 방어될 수 없음을 보여 줄 때만, 다시 말해 자본주의의 표면적인 '리얼리즘'에 리얼리즘 같은 것은 없음을 드러낼 때만 그것을 위태롭게 만들 수 있다"*는 다소 거친 희망 역시 쉽게 꺾지 않는다. 공원의 비밀을 깨달은 '나'가 "지금 딛고 선 곳이 비밀의 문턱임을 깨닫게"(162면) 되었다고 말할 때, 우리에게는 공원이 지닌 비밀의 문턱이 곧 우리가 딛고 선 이 세계가 지닌 비밀의 문턱이기도 하다는 은밀한 진실이 전달된다.

---

* 마크 피셔, 앞의 책 37면.

고개를 바닥에 처박고 항복의 말을 외쳤다. 제 소설을, 소설 같은 걸 누가 보겠습니까. 진심입니다. 웃음소리가 들렸다.(181면)

"소설 같은 걸" 아무도 읽지 않을 것이라는 이 세계의 합의된 믿음, 그 말을 둘러싼 우리의 불안한 웃음소리는 임국영 소설이 노리는 진지한 '폭거'의 조건이 된다. '정치인은 민중을 위해 봉사하며, 자본가는 노동자에 의존한다.' 이 투명한 외침에 대한 세상의 비웃음을 상대로, 시대착오적인 구호와 철 지난 신화의 '내용 없는' 이름을 수행하는 임국영의 역할놀이가 지속되고 있는 것이다. 이야기 '속'에 처박힌 오점으로서, 이 세계의 군건한 '리얼리즘'을 위태롭게 하는 일은 '대안 없는' 세계에 특히 성가시고 위험하다. 이는 "거리에서 온 것이 아니라 거실에서" 온 이들, 즉 오직 "대중문화를 통해서만 사유할 수 있었"*던 이들, 즉 우리가 바로 그 문화의 양식을 통해 시도할 수 있는 하나의 가능한 반란이기 때문이다.

崔嘉瑥 | 문학평론가

---

* 어바노믹(urbanomic)의 편집자 로빈 맥케이는 마크 피셔를 추도하기 위해 쓴 글에서 그와 나눈 대화의 한 대목을 다음과 같이 회고한다. "나는 마크와 함께 우탱 클랜의 데뷔 앨범을 듣고는 이렇게 대화를 나눴던 것을 기억한다. '이건 정말 놀라운 창조물이야. 우리 같은 사람들은 절대로 이런 일을 할 수 없을거야.' 그러자 그는 말했다. '글쎄, 우리는 거리에서 온 것이 아니라 거실에서 왔어. 우리는 다른 일을 할 거야.' 그리고 그는 그렇게 했다."(「박물관 안의 펑크」, 비평웹진 '콜리그')

| 작가의 말 |

"악당들이 몽땅 망했으면 좋겠다."

　소설가로 데뷔했을 때 수상 소감문 말미에 적은 말이
다. 이 문구를 작성한 직후 손끝이 따끔거렸던 것을 기억
한다. 수년이 지난 지금까지 왜 그런 말을 적었는지 종종
자문했다. 어째서 스스로 그런 존재들과는 무관한 사람
인 것처럼, 정말 나쁜 게 무엇인지 안다는 것처럼 굴었을
까. 언제나 그렇듯 스스로 뱉은 말에 모멸감을 느꼈다. 음
험하고 나약한 속내를 은닉하고자 그간 그들을 소재로 다
룬 소설만 썼다. 악당은 대체로 남성의 얼굴을 했으나 나
역시 남성이다. 나는 그들과 얼마간 달랐으며 달라지고자
노력했다. 그러나 우리는 불가해한 삶의 모퉁이에서 매번

마주쳤고 어딘지 낯이 익은 서로의 낯을 빤히 살피며 별다른 사건 없이 교차했다.

빈번한 혐오 표현과 저속한 욕설의 등장으로 상처 입었을 독자들에게 사과드린다. 악한의 언어를 모사하려는 시도와 내 본연의 위악 그사이에서 헤매다 결국 자멸했는지도 모른다. 내면의 입주자들을 타자화하고 비난하려는 시도 너머로 그들을 조금쯤은 애틋하게 바라보고 변호하려는 심리가 숨어 있었음을 비로소 인정한다. 어쩌면 지금의 사과 역시 일종의 기제일까. 하지만 아무 말 하지 않았다는 듯 지나칠 재주 따위는 없다. 앞으로의 삶은 비겁함을 조금이라도 덜 수 있는 한결 나은 방편을 모색하는 과정이 될 것 같다. 바뀔 수 있을까? 모를 일이다.

그럼에도, 낯부끄러운 고백과 자책으로만 이루어진 책 한 권을 선보이고 싶진 않았다. 나의 이야기에는 의망이 있다. 조율하지 않은 기타를 멘 채 높이가 맞지 않는 마이크 스탠드 앞에 설지라도, 열기가 피어오르는 밤의 메인 스테이지 위에 오르고자 전전긍긍했다. 나는 늘 어둡게 조명받고 싶었다. 그 누구의 눈에 띄지 않은 채 공개적인 사랑을 얻고자 했다. 시도는 무수했으나 아직 성공적인 선례를 남기긴 못했다. 생각을 해봤는데 치성이 부족했던 것 같다.

　고마운 사람들이 무수히 떠오른다. 그중에서 가장 감사한 것은, 아무래도 '프린스'다. 제대로 아는 곡이라곤 「퍼플 레인」 하나뿐이지만 그를 생각하는 순간이 잦았다. 과잉된 가성과 기타 플레이, 수줍음과 열의의 충돌, 「위 아더 월드」를 부르는 군중 사이에서 막대사탕을 문 채 입을 꼭 다문 그의 얼굴이 좀처럼 잊히지 않았다. 주류에서 벗어난 동시에 주류에 우뚝 선 아이러니라니. 프린스는 마치 별 모양 운석이나 찢어진 레고 같았다. 존재할 거라 상상조차 해본 적 없는 조형과 질감이었다. 멋졌다. 그처럼 살 순 없겠지만 그런 삶도 있단 걸 잊지 않으려 한다.

　당신은 어떤가. 나와 얼마나 다른가. 조금이나마 기시감을 느꼈으면 한다. 나는 우리가 외롭지 않길 바랄 따름이다. 지상의 모든 일이 더 나빠지지 않길 바라는 마음을 담아, 이 책을 당신이라는 헤드라이너에게 바친다.

| 수록작품 발표지면 |

볼셰비키가 왔다 ……『창작과비평』 2017년 가을호

태의 열매 ……『창작과비평』 2021년 겨울호

악당에 관하여 ……『편집자는 편집을 하지 않는다』 2호

헤드라이너 ……『창작과비평』 2019년 여름호

바크 …… 문장웹진 2019년 5월호

비둘기, 공원의 비둘기 ……『현대문학』 2017년 12월호

오토바이의 묘 ……『현대문학』 2022년 5월호

굿바이 레인보우 …… 한국문화예술위원회 「코로나19, 예술로 기록」 사업 공모작

헤드라이너

초판 1쇄 발행 • 2023년 1월 20일

지은이 / 임국영
펴낸이 / 강일우
책임편집 / 이진혁
조판 / 박아경 황숙화
펴낸곳 / (주)창비
등록 / 1986년 8월 5일 제85호
주소 / 10881 경기도 파주시 회동길 184
전화 / 031-955-3333
팩시밀리 / 영업 031-955-3399 · 편집 031-955-3400
홈페이지 / www.changbi.com
전자우편 / lit@changbi.com

ⓒ 임국영 2023
ISBN 978-89-364-3897-5 03810

* 이 책 내용의 전부 또는 일부를 재사용하려면
  반드시 저작권자와 창비 양측의 동의를 받아야 합니다.
* 책값은 뒤표지에 표시되어 있습니다.